理不尽な覇者のアウフヘーベン

著／桜井直樹

1

目が醒めたら異世界だった――などということを信じるほどの中二脳ではないので、再び目を閉じる。青い空と緑の森のような風景。絶対に現実ではない。

しかし目は閉じてはいるものの、吹く風が穏やかに頬を撫で、リアルな葉音も聞こえるせいで、すっかり眠気が飛んでしまった。仕方がないので、起きることにする。しかしそこはやはり見知らぬ森の中。

昨夜は普通に布団に入って寝たはずなので、万が一にも森になどいるはずがない。自分でそれが夢だとわかるという〈明晰夢〉というやつか……などと思いながら身体を起こすと、傍らに少女――いや、幼女がいた。ばっちりと目が合う。

「あ、気付かれましたか？」

鈴を転がしたような、とはこのことかというような愛らしい声。甲高（かんだか）いわけではないのに、よく通って耳に心地良い。

「……誰？」

「どこ、ではなく、まずは私を認識するのですね」

幼女は六歳程度の見た目に反して、非常に大人びた受け答えをした。淡いラベンダー色の、緩いウェーブを描いた長く美しい髪が目を引く。一般的にはあり得ない髪色だけれど、濃い紫色は何故か高齢の女性が好んで染めたがるよな、と無関係なことを考える。かなりどうでもいい。

「いや、まぁ順番はどっちでもいいんだけど。どうせ後で訊くつもりだったし」

明晰夢は自分でコントロールできるらしいと、以前どこかで見たことがある。だから案外普通に冷静でいられた。

「ではご質問にお答えするところから始めましょう。私はカイゼと言います。訳あってあなたをこちらに呼び寄せました。ここはタンジェント・ポイントに接する森の中です。スタートは常にここからです」

自分でコントロールできない幼女の回答に、いまいち理解が及ばない。

「ごめん、ちょっと意味わかんないんだけど。『こちら』って、一体ここどこ？」

「どこと言われましても……世界に名前という概念がありますか？　私たちにとってはこちらの世界が日常で、あなたのいた世界が異世界なんですよ。もちろん、今のあなたにとっては逆なのでしょうけれど」

「えっと、それは俺が異世界の何とかいうポイントに飛ばされたみたいな感じ？」

「そう把握していただくのが一番わかりやすいかと思います」

場所が森の中であるだけに、異世界だとかもといた世界だとか言われても、明確な違いなどわからない。都会っ子にとっては、そもそも森の中というだけで既に異世界のようでもある。

「ピンポイント的にこの場所という意味でよければ、ここは〈交差の森〉と呼ばれています。辿り着ける者や自由に出入りのできる者が限られていますから、普通は誰も近付きませんけれどね」

「そんなヤバい場所なわけ？」

「いえ、何がどうなるわけでもありません。ただ、資格のない者が偶然にも紛れ込んでしまうと、出口がわからなくなって迷ってしまうだけです。恐ろしい野生生物がいるわけでもないので、万一命を落とすことがあったとしても、餓死程度でしょう」

「程度って……」

じわじわと自分の身体が弱っていくことを自覚し、やがて身動きも取れなくなり、どうしようもないままで目前に迫る死だけが見えているくらいなら、いっそ獰猛な野生生物に一発で食い殺される方がマシなのではないかと、思わず身震いしてしまう。淡々と残酷な答えを返してくるカイゼに、やや引きながらも次の質問を続ける。

まずは自分の現状を知りたい。

「で、何をスタートすんの？」

「王座奪還です」

ちょっと、いやかなり、意味がわからなかった。

おうざだっかん、と呟いてみるが、それでもピンとこない。

そう簡単に解決しそうにない疑問は一旦横に置いて、次の疑問を口に出す。

「……何で俺が？」

「占いの結果、選ばれたのがあなただからです。私にも、何故あなたなのかはわかりません。欲も意志もなさそうなのに、何故そんなに無気力そうなあなたなのか」

なにげにさらりと酷い言われようだが、その通りではあるし、自覚もあるので反論はしない。幼女相手に怒っても仕方がないし、そもそも子供は苦手だ。

この幼女カイゼに限って言うなら、見た目年齢の割にはしっかりとしていて、話も普通に通じる。まだ内容にはついていけない部分もあるが、まぁ夢なら行き止まりに当たれば醒めるだろうと思った。

「王座ってことは、そこに王様がいるんじゃやねぇの？」

「そうなりますね」

「で、それを奪うわけ？」

「そうなりますね」

「つーと、俺が王様を倒す感じにならない？」

「そういうことです。思ったより理解が早くて助かります」

　幼女カイゼは、凛と澄ました様子が不遜なようでいて、どこか〈いいところのお嬢様〉らしき抗いがたい厳かな雰囲気があった。

「具体的には？」

「お好きなように。手段は問いません」

　身も蓋もないが、カイゼは決して突き放しているわけではなく、ただ事実を述べているだけのようだった。

「俺、意味のないケンカとか、あんま好きじゃないんだけど」

「暴力で解決する必要はありません。弁が立つのであればうまく言いくるめてくだされば結構ですし、スポーツでも雑学でもゲームでも構いません。……まぁ、ゲームでは敵わないでしょうけれど」

　そこで初めてカイゼは、少し考えて言い淀んだ。

「何で？」

「現在王座にいる方は、非常にゲームが得意なのだそうです。これまでにも何人も負けています」

「ゲーマーかよ」

「そのようですよ。ご本人がおっしゃっていたそうです」

　ふとこぼれただけの言葉を肯定されて、逆に驚いてしまう。

「え、王様、ゲーマーなの?!」

　イメージとして、王様と言えば玉座にふん反り返ってわがままを言うばかりの年寄りを連想していたので、それと〈ゲーマー〉という言葉が結びつかない。王様でなくても、年寄りとゲーマーの組み合わせがそもそもかけ離れている気がする。

「変な奴」

　呆れるしかなくて、そうまとめてみた。するとカイゼがまっすぐに刺すような眼差しで、射るような言葉を遠慮なく放つ。

「そうは言いますが、あなたも相当変わっていますよ。ご自身の立場を自覚されていますか？」

「自覚も何も、結局夢だろ？　そう深く考えたところで、醒めたら終わりだし、夢の中にまで無意味な考え事を持ち込みたくない。睡眠は質が肝心だって言うし。俺は今、とにかく早く目醒めたいだけだ」

　少し驚いたのか、それとも単純に呆れたのか、カイゼは一呼吸置いてから念を押すようにはっきりと言った。

「一応言っておきますけれど、これは夢ではありません。まぁ、あなたが眠っている間にすべては片付くとは思いますから、事後の感覚的にはそう捉えられるかも知れませんが……今のあなたは身体ごともといた世界には存在していませんし、万一こちらで命を落とすようなことがあれば、もとの世界に存在していたはずのあなたも死にますよ？」

「……嘘」

「残念ながら、事実です」

あちら、こちら、もといた世界、死ぬ……わけのわからない断片的なキーワードを並べると、やや怖くなってきた。それでもまだ、そういう夢なのかも知れない、という解釈に逃避するほど自分を騙せる性格ではない。

「じゃあ、選ばれたって、誰が選んだワケ？」

「これまではタンジェント・ポイントが近付くと、専属の占い師が視(み)ていました。しかし、既にもう何度も失敗しています。現王はいい加減かなりご不満なようで、仕方なく今回は王族直系の子孫である私が直々に占いました。星、石、カード、湖、風、言霊(ことだま)、亡者など、あらゆる手段で占いを試みましたが、今回の〈候補者〉はあなたしかいないようなのです。ですから理由はわからないのですよ」

不本意そうに言うカイゼだが、それはこちらも同じだと言いたい。好きで選ばれたわけでもないのに、たかが占いに振り回される方の身にもなって欲しいものだ。しかも、信じると仮定したところで、所詮は見知らぬよその世界で、その王座を奪うという役を押し付けられた方の。

「えらいもらい事故じゃん」

「一般的にはこういう場合、〈選ばれし人間〉ということで、喜ぶものなのでは？」

珍しいものでも見るように、カイゼは純粋な目で訊く。まるで喜ばない方が不思議だというように。

「俺は別にそういうの求めてないし。ごく普通に生きられたらそれでいい」

「本当に無欲なのですね」

「欲張っても仕方ないだろ。分相応って言うじゃん。なら、今持ってるもんを大切に守る方が重要だと思うけど」

やる気のなさそうな雰囲気に反して、それなりに何らかのポリシーはあるようだと判断したカイゼは、少し踏み込んでみた。

「ではちなみに、あなたが守りたいものは？」

「姉ちゃん」

間髪を容れずに返ってきた答えの勢いに、カイゼは意外なものを見た気分になった。こんな無気力の塊のような、周囲を漂う空気をカプセルに詰め込んで飲み込めば睡眠薬代わりにもなりそうな人間にも、脊髄反射をするようなことがあるのか、と。

やや圧倒されつつも姿勢を整え、改めて問う。

「お姉さまが大切なのですね。では、そのためにあなたのことを教えてください。私はお名前しか存じ上げません。笹塚(ささづか)暁月(あかつき)さん、で間違いありませんね？」

「同姓同名の他人がいるならぜひとも交代を願いたいけど、確かに俺の名前は笹塚暁月だ、残念ながら」

「……本当にやる気がないんですねぇ……」

「俺は勇者よりも賢者の方が好きなタイプなの。更に言えば、あくまで外側のプレイヤーでいたい。ゲームの中に入って活躍したいとか、一度も思ったことないから」

そもそもゲームすら特別好きというわけでもないので、やる気どころか考える気にもならない。そんな暁月に、カイゼは真顔で訊いた。

「健全な青春を送っていますか？」

「大きなお世話だわ」

「友達はいますか？」

「普通にいるよ」

「恋人などは？」

「いないけど、別にモテないわけじゃないからな！」

「言い訳をしなければ突っ込むつもりはなかったのですが、そう言われると揚げ足を取りたくなりますね」

「無邪気どころか、邪気だらけの幼女だな！——ん？」

さすがにそこまで無用で失礼な心配をされると、通常は熱量の低い暁月でも多少は激しく反応してしまう。そう言い返しながら、ふと先程のカイゼの言葉がよみがえった。

「つーか、さっきお前、王族って言ってた？」

「ええ」

澄まして答えるカイゼに、さすがに暁月もぎょっとする。もしかして王女だろうか？

「じゃあ、王様の娘とか？」

「違います。現王は以前、他の時間軸で選ばれた方でして、当時の王に勝利したために王座に就きました。いわゆる形の上だけの王なのです。私はかつて、本当に王制だった頃の王族の直系子孫ですので、現王との血縁関係にはありません」

他の時間軸、形だけの王、王制だった頃……またわけのわからない単語が増えた。いちいち確認するのも面倒だな、といつもの怠惰な気分が更に増す。

「何で昔の王様は辞めちゃったわけ？」

「私の生まれる随分前の話ですので、伝え聞いた話ではありますが、簡単に言えば自由になりたかったのだそうです。王族でも十分に自由なのですが、かなり奔放な方だったらしく、不自由がなさ過ぎることが嫌だったとかで」

「意味がわからない」

「そうですね。その点は私も理解しかねます。そのような祖先のせいで、この世界もいろいろと変わってしまったそうです。まぁ、結果論で言うならば、決して悪くなったわけではないので、私などは今でも王族ゆかりの者として、それなりに高い地位でいられるのですが」

「え、お前もお嬢なのかよ？　俺の周り、そんなんばっかりだな」

　両手で頭を抱える暁月を見て、カイゼは興味を抱いた。それなりに感情は表現するのだな、と考える。当初から冷静で、夢ではないと自覚してもなお取り乱さない暁月を、これまでに見たことのないタイプの〈候補者〉だと思っていたが……選ばれたからには、何か理由があるはずなのだ。

「そうなのですか？　あなたの周りは、あなたよりも格上の方ばかりだと？」

　悪気のなさそうな純粋な問いに、暁月はため息をつきながら返す。事実なので否定はできない。

「格上とか言うなし。俺なんかまだ記憶にも残らないような頃に両親を事故で亡くしてて、一回り年上の姉ちゃんに育てられたようなもんなんだよ。親が残した家も遺産もそこそこあったらしくて、さほど苦労も不自由もなく育ったけどな。姉ちゃんは天才ピアニスト」

「ほう。稼ぐわけですね」

「姉ちゃんは稼いでるつもりはないらしいけど。勝手に金が入ってくるって感じ。姉ちゃんは普通に好きなピアノ弾いてるだけで、それを気に入った奴が何かやたら金とかステージを用意してくれるだけ」

この少年の姉というから、どんなにとぼけた人間かと考えたが、案外まともらしい。

「あなたと血縁とは思えないですね」

まったく悪意はない、ただの感想を口にする。

「失礼だな。顔は似てるって言われるぞ。何しろ姉ちゃんは美人だからな」

「あなたはただ眠そうなタレ目で、薄情そうな薄い口唇で無気力感が漂うばかりですが」

「タレ目は遺伝だよ！　両親の写真見せてもらったけど、二人ともそうだったし。姉ちゃんも可愛いタレ目だ。薄い口唇が美人薄命っぽくていいって言われてるし」

「それは女性だからいいのであって、男性ではただの薄情者にしか見えないのでは？」

カイゼの言葉は、その声音（こわね）と容姿のせいか、棘はまったく感じられないのに毒まみれで投げられる。当たっても痛くはないが、じんわりとしみ渡っていくようだ。

「……それは俺がそうだってことか？」

「はっきり言うならそうですね」

「ホントにはっきり言うんですね！」

「それが私の長所ですから」

「すごいポジティブ思考だな」

「生きていく上では重要な素養ですよ」

確かに、とは思うけれども、初対面の見知らぬ幼女にそこまで言われる筋合いもない。わざわざ人が寝ている間に呼んでおいて、酷い扱いだと思いつつ、夜に布団に入ったはずが見上げれば都会では見られないような澄んだ青空が広がっていたので、まぁどうでもいいか、と暁月も割と負けずにポジティブに切り替える。

「それで、他にはどのような方が？」

更に興味を持ったのか、カイゼは暁月に先を促した。目の前にいる無気力の権化を見ているより、その話を聞いた方が面白いと考えたのだろう。

「あー、俺の幼馴染に何かすげぇ女がいてさぁ。家は隣なんだけど、金持ちで顔もスタイルも抜群で文武両道の無敵女なんだよな。もう親が決めた婚約者とかいるらしいし、住んでる世界が違うっていうかなぁ。けど何か面白いから、いまだに付き合いがあるんだけど。そんだけすげぇ奴なんだけど、性格とか趣味とかにいろいろ難アリだから、まぁ神様はそこそこ平等なんだとは思うな」

具体的に脳内に思い描いている様子の暁月を見るが、その表情には特別なものは何も見えない。

「その方は、あなたの恋人ではない、と?」

「ねぇよ。あんな難アリ物件、俺には引き受けらんねぇよ。幼馴染で十分だ。何ならアレを王様にでもすりゃいいんじゃやねぇの?」

陽射しが強いわけでもなく、暑いわけでもなく、風もなく、しかしスウェットに着替えて寝たはずが何故か冬用の詰め襟の学生服になってここにいるのに、気温も湿度も快適なのが不思議だった。

暁月の背後でカサコソと遠くに草をかき分けるような音が聞こえる。普段は誰も来ないはずの森の中と言っていたが、迷い込んだ者でもいるのだろうか?

――などと気に掛けるようで特に気に留めてもいないようないい加減な感覚だったのに。

「きゃー!」

その辺りから、女性の悲鳴のような甲高い声が聞こえた。その声はこちらに近付いてくるようで、次第に大きくなっていく。ただ、悲鳴と称するには特に緊張感はなく、どちらかと言えば期待と喜びを含んだ歓声に近い気もする。

ざっ、と暁月の脇の背の高い草の茂みから飛び出してきたのは、薄茶色のボブカットをサラサラと揺らし、色白なのに不思議と健康そうどころか剛健ささえも感じられそうな、溌剌とした雰囲気でメリハリのある整った顔立ちをした美少女だった。

スラリと長く細い手足なのに、あるべき筋肉はきちんとあるようで、俊敏そうで威風堂々とした風格を漂わせるほどに姿勢がいい。暁月と同じくらいの年頃に見えるが、胸元辺りの盛り具合だけが少々心許ないのが残念だ。

「きゃー！　超絶可愛い美少女！　じゃなくてプリティキュートな幼女！」

その美少女は脇目も振らずにカイゼに駆け寄って、当の幼女が反応する間もなく抱きしめて捕獲した。

「……何で、どっから来たんだ、このロリコンゴリラ」

「何がゴリラよ」

「ロリコンは否定しないのか」

「事実は受け入れるわ。でも私はゴリラでは断じてない！　なので修正を要求する！」

「あーはいはい。じゃあロリコンお嬢様、お前どっからどうやって来たんだ？」

どうやら彼女は暁月の知り合いらしいとカイゼは理解する。

暁月としては、夢に知り合いが出てくることはよくあるが、夢でないのならどうやってここに来れたのかを疑問に思い、まっとうな質問を投げる。しかしそれも斜め上に打ち返された。

「わかんないわよ。寝て起きたら幼女の気配がしたから辿って来たら、何故かあんたがおまけにいただけ」

「幼女の気配って何だよ」

「私だけが持っている何かしらの素晴らしい能力だと思うわ」

「一回マジで捕まれ」

美少女に抱きかかえられながらそのやりとりを見ていたが、カイゼはこのまま放っておくと話が終わらないような気がして、ようやく口を挟んだ。

「……あの、この方は？」

「きゃあっ！　声まで可愛い！」

さらにぎゅっと抱き締められて、カイゼは戸惑うしかない。細い見た目に反して、とても抗いようのない力だ。

「あー？　さっき言ってた俺の幼馴染だよ。ただの幼女好きの変態だから気を付けた方がいいぞ」

「気を付けろと言われましても……」

既に捕獲されている身で何ができようか。自分の身体に巻き付いているのが、気持ちの悪い得体の知れない何かではないだけまだマシではあるが、ここまでのほんのわずかな会話を聞いただけでも結構危ない人かも知れないとは感じる。強い力ではあるが、決して苦しめるような位置に腕を置かないところが、何となく幼女サイズの扱い方に慣れているような気がして、それはそれでやや不安になった。

そんなふうに不審に思われているとは露知らず、彼女は陽気に自己紹介をした。

「私、孤月（こげつ）彩葉（あやは）。あなたは？」

「あ、カイゼといいます」

「へー？　外国の人？　キレイな髪」

ようやくカイゼを解放し、しかししっかりと隣に密着して座って、彩葉は幼女の髪を撫でまくる。これが女性でなければ、犯罪者の絵面でしかない。

「なぁ、何でこいつまで来てるわけ？」

「私が呼び寄せたわけではありません。多分あなたに引き寄せられたのだと思います」

「俺のせいなの？」

「少なくとも、私が呼び寄せたのはあなただけです。一度の交差でこちらに呼び寄せられるのは一人だけですから。ただ、その核となる人物、こちらでは〈プンクト〉と呼ぶのですが、その方の思念によって関連ある他者が引き寄せられる可能性は稀にあるようです」

「え？　そうなの？　その核っていうのが俺ってわけ？　じゃあ世界最強のレスリング選手とか、プロゲーマーの人とか、そういう奴らを呼んだら無敵なんじゃね？」

「理論的にはそうですが、現実的には不可能だと思いますよ」

髪には特に気になる感触があるわけではないので、ひとまず気持ちを切り離しておくことにする。彩葉は幼女に触れられればいいようで、特に文句は出ない。

「何で？　んー、取り敢えず身近な奴だと、万能生徒会長の池上先輩とか、うちのクラスのイケメンサッカー部員の高橋とか、一年の時から学年一位を譲ったことのない天才の榊原とか、その辺に来てもらいたいかな」

暁月は耳を澄ませるが、彩葉の時のように、人の気配や物音などは、どこからも感じられなかった。

「……無理ですね」

カイゼもしばらく静寂に付き合ったが、端（はな）から期待していなかったので断定する。

「何でだよ」

「ここでは思念がとても重視されています。嘘がつけない世界とも言えるでしょうね。ですから、口先だけで願っても、気持ちが入っていなければ引き寄せられません」

「マジかよ。いろんな分野のトップを集めれば、俺は何もしないで勝てると思ったのに」

「そういう邪念がダメなんですよ」

「邪気だらけの幼女に言われたくない」

「私は純粋で無邪気ですよ？」

決して純粋で無邪気な幼女ならしないような冷たい視線を暁月に送り、それから困ったように彩葉を見た。気付けばカイゼの髪はあちこちが結ばれたり巻かれたりしている。しかし少し顔を彩葉に向けただけで、柔らかく艶のある髪はするりと解け、もとに戻った。

「あなたは多分、この方がいれば非常に心強いと思ったのではないですか？」

「俺が？　彩葉を？……まぁ確かに、最初に思い出したのはこいつだけどさ」

暁月は納得がいかないような顔で口唇を歪める。恋人ではないと言っていたので、そこまで強く念じたつもりはないのだろう。しかし、幼馴染なら付き合いも長いだろうし、名前を口に出しただけでも感情は乗るものだ。つまり、ここで言われている〈思念〉というものは、そういう無意識の領域に知らずに踏み込むことにもなり得る。

「ねぇねぇ、それでここってどこなの？　いくら家が隣って言っても、あんたと出会うなんて、一夜にして両家が森になったってわけじゃないわよねぇ？」

彩葉はここが夢の世界だとは考えてはいないらしく、真正面から現実として受け入れている。それはそれでどうかしているとは思うが、ぎゃあぎゃあ喚かれて話にならないよりはずっといい。暁月はいつものように適当に答えた。

「あー、何か別の世界に飛ばされたんだってよ。そんで王様を倒しに行けって言われたんだけど、俺って非力だからゴリラのパワー欲しいなぁって思ったらお前が召喚されたっぽい感じ」

あまりの滅茶苦茶な適当さ加減に、さすがにカイゼも彩葉を窺ったが、美少女はごく普通の顔で「そっかー」と言って、豪快とも言えるほどに明朗に笑っただけだった。

「……あなた、大丈夫ですか？」

どこが、とは言わないだけ親切だった。暁月にはもちろんわかる。カイゼが心配しているのは、彩葉の頭だろう。確かに、知らない誰かが聞けば普通の会話ではないのはわかる。ただ、彩葉にも根拠はあるのだ。

「今のお話を、信じられます？」

恐る恐る訊ねるカイゼに、彩葉はにっこり微笑んで頷いた。確かに整った美しい顔をしているので、動かず話さなければとても絵になる。残念な人だ、と思ってしまった。

「信じるわよ。暁月は無意味な嘘なんかつかないから。むしろバカみたいな現実主義者だからね。そんな奴が『別の世界に飛ばされた』なんて言うんなら、実際そうなんでしょ」

こういうものも、信頼関係という言葉でくくってしまってもいいのか戸惑ってしまう。さすがに初めて見るタイプだ。カイゼの知る限りでは、こちらの世界ではこのような考えを持つ相手になど出会ったことがないし、今までの〈候補者〉の中にもいなかった。なるほど、これは引き寄せるわけだと、妙に納得できてしまう。

「それで？　その王様の弱点とかってあるの？」

「弱点は知らないけど、ゲーマーらしいよ」

「ゲームかぁ」

ごく普通に、いつも通りに、二人は会話をしている。むしろこちらの世界の住人であるはずのカイゼの方が、場違いな仲間に加わってしまった気分にすらなる。

「ゲーマーにゲームで挑むとかバカだろ。そんならあのクソ兄でもいりゃ、バカみたいな天才だから、チェスとかそういう頭使う系のゲームなら勝てんじゃやねぇの？」

「チェスくらいなら私もできるけど、そんなに強くはないからなぁ」

「何、チェスって金持ちのお利口さんの道楽かよ」

「日本でいう将棋みたいなもんじゃない」

「俺は将棋すらやったことないし、ルールも知らない」

「だから自分でやらないわけか」

彩葉は暁月を指差して笑った。暁月は慣れたふうに胸を張る。

「当たり前だ。俺は他力本願で生きていく主義なんだ。使えるものは何でも使う。そして喜ばしいことに、使えるものには恵まれているラッキーマンな俺！」

「偉そうな他力本願ねぇ。まぁ、確かにあんたのラッキーぶりには驚くけどさ。あんな立派なお兄さんがいるんだし」

「立派でもなけりゃ、お兄さんでもないわ。ただの姉ちゃんの旦那だ」

「それを世間一般では義兄（あに）というのよ」

「義理でも兄と言って欲しくない。あれはただの男子中高生好きの変態学者だ」

「シスコンの嫉妬はみっともないわよ」

「ロリコンに言われたくない」

何となく二人の関係性が見えてきたカイゼは、何だかんだでどちらも難アリなのでは、と思った。いろいろなコンプレックスがあるものだ。やはり世界は広いし、たくさんある。

この世界が交差できるのは、今発見されている中ではこの二人のいた世界だけなのだが、他にも多数の世界があらゆる方向に伸びていることは確認されているらしい。ただ、世界間の距離や接点のでき方が違うため、まだ干渉するまでには至っていないと聞いている。

――と。ざっ、ざっ、と今度はカイゼと彩葉の背後の方から音がした。リズムよく定期的に草を踏む音が近付いてくる。

「だーれかーに呼ーばーれーたー気ーがすーるーなー♪」

聞いたことのない調子っぱずれの歌もそれに伴うようにやって来る。ふと見ると、暁月が再び頭を抱えていた。先程よりもずっと深刻そうな頭の抱え方に、それが暁月の知る者であるのだとカイゼは察する。

ああ、と暁月は思った。激しい後悔を伴って。

どこかで聞いた声。当然知っている声。できれば聞きたくなかった声。しかもこんな場所に来てまで。噂をすれば影、とはこのことか。余計な話をしてしまったものだ。少し話題にしただけなのに、何故アスリートや生徒会長ではなく、こいつが現れるのか。

「わーお♪弟くんはっけーん！　アヤちゃんもいる！　ちっちゃい女の子も。どうしたのー？」

三人で輪になるというか、ほぼ二等辺三角形のようになって座っていたが、暁月を見て嬉しそうに「弟くん」と呼ぶ白衣の男が遠慮なくその隣に座り込み、長方形になった。

「……てゆーか、何で白衣？」

もう何故来たのかなど訊くまでもなかったので、暁月は彩葉にも感じた違和感の方をカイゼに問うことにする。なるほど、確かに現実主義者らしく、理解と受け入れが早い。

「あなたの場合もそうですが、通常その方に一番しっくりくる服装になるようです」

「だから俺と彩葉は制服で、クソ兄は白衣なわけかよ」

一応納得はしたようだが、かなり年齢が離れているように見える暁月の言うところの「クソ兄」とは、実際にはどのような関係なのだろうか。義兄とは言っていたが。

「お兄さまですか？」

「そうは呼びたくないけどな」

「由岐人(ゆきと)さん、こんにちはー。あ、まだこんばんは？」

「どっちだろうねー？　僕、書類作りながら寝落ちしちゃってたみたいで、気が付い

たら森の中とかびっくりだよねー」

びっくりしている割にはむしろ楽しそうにカイゼには見える。

確かにその通りだ。この男は、いつもそうなのだ。何が起きても楽しそうで、好奇心に目を輝かせてワクワクしている。そしてそれは誰の目にも明らかである。その対象は大抵の場合、男子中高生か何か未知の不思議なものかのどちらかなのだ。かなり両極端だが。

「つーかもう何なの？　何で俺のとこに変人変態ばっかり集まってくるわけ？　全然呼んだ覚えはないんだけど。変人集会なら俺は席を外す」

暁月は非常に不機嫌そうだ。その不機嫌な表情すら可愛らしいとでも言いたげに、義兄は微笑んで覗き込んでいる。席を外したくなる気持ちもわからないでもないが、ならばカイゼも外させて欲しいと思う。暁月の中では自分までが変人のカテゴリに入れられているようなのは納得がいかない。

「ええ、でしたらそろそろきちんと説明をしましょうか。私もようやく今回あなたが選ばれた理由がわかってきましたし」

「マジで？」

黙ってカイゼは頷く。ひとまず答えが聞けるのならと、暁月は浮かしかけた腰を再度下ろした。

「お兄さまは、お仕事は何を？」

「うーん？　大学でいろんな研究とか、教授のお手伝いとか、あんまり人に言っちゃいけないあれこれとか？　好きなことしてるだけなんだけどねー」

「こいつ、家が財閥の次男だから、カネもコネもあって何でもできるんだよ。ついでにアホほど天才らしいから、どこでも顔はきくし無理も通る。チート級のただの変人」

「いやー、弟くんにそんなに褒められるなんて嬉しいなぁ」

「しょーがないだろ！　お前の説明をすると、褒め言葉にしかならねーのは事実なんだから！　あと、変人は褒めてないし！」

ようやく感情をあらわにした暁月を見て、カイゼはなるほど、と思う。これでは引き寄せられるわけだ。思念が強過ぎる。

「桐来（きりき）の方（かた）には、うちの父もいろいろとお世話になっているわ」

「あ、例の件ねー。いつもごめんねー」

「あーもう！　金持ち同士の共通の話題って何!?」

嘆く暁月をよそに、彩葉と義兄は意気投合しておしゃべりに興じている。こちらもごく普通に。

「あの……？」

おずおずと暁月を見て、さすがにカイゼも困っている様子を明らかにした。いくら自分たちのいたのとは違う世界で、そこの王族とは言えども、何かしらの役目を背負わされているのだろう。見た目は六歳児程度ではあるが、話し方もしっかりしているし、実年齢は幼女ではないであろうことは明白だ。

「これ、桐来由岐人。俺の姉ちゃんの旦那。まぁ、いろいろ使える奴ではある。多分これも俺が引き寄せたってやつなんだろ？　確かに使えるとは思ったから、来たもんはしょーがねぇよ。便利に使ってやる」

なかなかに受け入れる能力が高い暁月を見て、カイゼは最初に抱いていた印象を少し改めた。今回こそはもしかすると、とも思う。

「そうですか。ありがとうございます。――それでは、私から少し説明をさせていただいてもよろしいですか？」

一呼吸置いて気を取り直したカイゼは、姿勢を正して凛と張り詰めた空気を漂わせた。彩葉も由岐人も、瞬時におしゃべりを止める。こちらもさすがに大人な対応だ。

「まず、あなた方にこれをお渡ししておきます」

言うと、音もなく各々の目の前に通帳のようなものが現れて、パサリと落ちた。

「通帳？」

彩葉が早速手に取る。暁月と由岐人も拾い上げ、何となくめくってみた。

「いち、じゅう、ひゃく……ごじゅうまん!?」

見慣れた自分の金融機関の通帳と同様の形式だったが、一番上の行にゼロが五つついた数字があったので、暁月が驚嘆の声を上げる。二人の金持ちは、特に反応はない。

「え？　何コレ、くれるの？」

「一応、資金がなければ生きられませんからね。こちらが呼び寄せたのですから、この程度は用意します。ただし、これはあなた方の世界の通貨と同じ概念で考えないでください」

「ああ、為替レートみたいなもの？」

彩葉の言葉に、カイゼは微妙な傾きで頷いた。言葉の意味を理解しかねたわけではなく、そう表現してしまってもいいのかという気持ちからだ。

「何と言いましょうか……単位は〈ゲルト〉と言います。あなた方には、まず五十万ゲルトをお渡しします。これは、日常生活におけるあらゆる場面で増えたり減ったりします」

さすがの彩葉も難しい顔になる。由岐人は取り敢えずふむふむと聞き入っている。

「この世界では〈思念〉が非常に重視されます。つまり、無から有を生むことができます」

「へー、便利だねー」

あり得ない現実に、学者の知的好奇心が刺激されたのか、由岐人が興味を示す。

「それは、考えたものを具現化できるってことでいいの？」

「端的に言えばそうです。しかし、もちろん無から有を生み出すためには、どこかに対価が必要となります。それがこの〈ゲルト〉です」

「なるほどー。何かを発生させると、その分が引かれる仕組みなわけだ？」

「はい」

由岐人の理解のおかげで暁月にもよくわかった。しかし疑問もある。

「何か出したら減るのはわかるけど、増えるのって何で」

「そうですね……その辺りの草を少し、むしってみてください」

カイゼが言うので、論より証拠かと考えた暁月は、足元にあった葉の大きな十五センチほどの高さの草を抜いてみた。そして自分の通帳に目を落とす。一行増えていた。

「――っつーかおい、二十減ってんじゃん！」

五十万の右下に、マイナス表示で数字が追加されている。総計を見れば、確かに減っているのは明らかだ。

「ああ、それはなかなか貴重な草です。蒸して食べると栄養価が高いですし、すり潰せば薬草の代わりにもなりますから」

「抜けって言うから抜いただけなのに減るとか酷くない？」

「価値のあるものを採取してしまったのですから仕方ないですね」

「お前が抜けって言ったのに、何で俺のが減るわけ？」

「私は『その辺りの』と言っただけなので、明確にその草を指していません。それを選んだのはあなたの意志だからでしょう」

「理不尽！」

彩葉と由岐人はだいたいのシステムを理解して笑っていた。可愛い幼女と不運な幼馴染、あるいはちびっこと可愛い義弟の戯れに目を輝かせながら。

「なるほどね。じゃあ暁月が雑草でも抜いてたら、報酬的な金額……って言っていいのかな、そういう感じで増えてたはず、ってことでしょ？」

「その通りです。理解が早くて助かります」

「もーお、もっときゃぴきゃぴしゃべっていいのにー！」

幼女らしからぬ落ち着いた話し方をするカイゼが、それはそれで珍しいせいで可愛いのか、彩葉は遠慮なく抱き締める。突発的な抱擁に、カイゼは身をかわすこともできない。

「うー」

声だけが漏れたカイゼに、暁月が気の毒そうに目を合わせて言った。

「そいつのスイッチ、いつどこで入るかわかんねぇから」

今更言われても何の解決にもならない。

「まぁまぁ、アヤちゃん。まだ続き話してもらわないとだしー」

由岐人の言葉に、「あ、そっか」と彩葉はひとまず離れた。こちらの方がよほど頼れそうだと幼女は内心で理解する。

「ええっと、ゲルトに関してはそういう理解でお願いします。鍵となるのは思念ですから、具体的であるほど確実に自分の求めているものが現れます。増減の価値観は、文化的な要素もありますから、多少の差異はあると思っておいてください。あなた方の世界とは、物の価値が違う場合も少なくないでしょうから」

「おっけー。いっぱいボランティアして、いっぱい稼ごっ」

「お前ン家金持ちなのに、金銭感覚は庶民だよな」

倹約的なことを言う彩葉に、暁月はため息と一緒にそう吐き出した。

自分自身も特に経済的に困ったことはないが、彩葉の家は一般家庭レベルより相当生活水準が高い。普通に表現すれば「金持ち」だ。父親が大学時代に起業し、それが成功して早々に軌道に乗り、更にはその経営手腕が桐来財閥の目に留まったため、バックボーンもしっかりしているのだ。

　彩葉と由岐人の仲がいいのも、そんな背景があって以前から顔見知りだったからだ。まぁ彩葉も、まさかお世話になっている財閥の家柄のお兄さんが、実の姉のように慕っている幼馴染の姉の夫になるとは想像もしなかったが。

「えー？　だって数字が増えると嬉しいじゃない。もっとゼロ増やしたくならない？　通帳に書ける限界超えたくならない？」

「ならない」

「なるよー。そういう時はねーアヤちゃん、金に換えておくといいよー」

「あ、なるほど。銀行だと、確か一千万までしか保証ないですもんね」

　出かけるのが面倒という理由だけで、自分の持ち金はタンス預金派な暁月だが、普段から財布にもそう多くの紙幣が入っているわけでもない。まぁ、ごく普通の高校生レベルだ。

　金に換える機会など、この先にもあるとも思えない。あぁそうですか、という感じで聞き流しておく。嫉妬ではなく、単純に興味がないだけだ。金に換えたところで、万一使うことになれば、それを再び紙幣に戻さなければならないのだから、二度手間だと思う。まぁこの二人なら、再び紙幣に戻す必要もないのだろうが。

　王族のカイゼとしては、感覚的には金持ち二人に近いのだろうと思ったが、見れば呆気にとられてそのやり取りを眺めていた。ただ驚いているのは、会話の内容そのものではなく、よくこの環境に置かれて間もないのに、そうリラックスして楽しめるものなのか、という部分ではあるが。

これまでにここを訪れた〈候補者〉たちは、誰も一様に同じ傾向だった。欲があり、異世界に妙な理想を持ち、成功と勝利を求める。それはきっと、もとの世界では得られなかったからなのだろう。そして無様に負けて帰っていく。

その後どうしているのかは、もう知りようがない。タンジェント・ポイントが離れてしまえば、こちらからの干渉はできないし、万一ついて行ってしまえば、戻れる保証はまったくないのだ。けれど多分、彼らはきっと夢だと思って普通に生きているのだろうと思う。

暁月に信じさせるために言ってはみたが、まだこちらの世界で命を落とした者はいない。ただ、理論からすればたとえこちらの世界で死んでも、タンジェント・ポイントが離れれば強制的に死んだ肉体はあちらに回収されるはずだ。それがどのように扱われることになるのかは、誰も気に留めてはいないので、記録はない。

「……えぇと、あとは時間の流れなのですが、体感としてはやや早く思えるはずです」

ふと見上げると、あんなに青かった空が、少し赤みがかってきている。まだ経ったとしても数時間というところだろうに、もう日が暮れるというのだろうか。

「あ、ホントだ。さっきはもっと明るかったのに」

「はい。不便を感じるほどではないとは思いますが、多少早い気持ちでいていただいた方が楽かも知れません。そしてここからが重要なのですが」

カイゼが一旦言葉を切る。誰も何も言わないので、改めてやや低い声で続けた。

「こちらの世界があなた方のいた世界と交差して接しているのは、こちら側では三日間です。しかし、あなた方の世界で言えば、わずか眠っている間の三時間になります。その間に現王を玉座から下ろしていただきたいのです」

「……」

暁月は少し考え込んだ。その間に彩葉が質問する。

「王様はどうして自分で辞められないの？」

「玉座のシステムのせいです」

「システム？」

「はい。この世界が王制ではなくなったのはもう相当昔のことなのですが、玉座が存在する以上、誰かがその座にいなければならないのです」

「システムっていうと、何か機械的な感じがするけど、そうじゃないのかな？」

「そうですね。こちらの世界のことを説明し始めるとキリがないのですが、あらゆる面であなた方のいた世界とは文明が大きく異なります。単純に言えば、非常に高い文明を持っていることになります。あなた方が科学的な発明などで発展してきたのと違って、私たちは持って生まれた血の属性によって、役割があったり特化した能力を持っています」

「へー？　能力って何か、スーパーでウルトラな感じなのかなー？」

「男の人ってそういうの好きですよねぇ」

「いいじゃない？　何かカッコいいなー。必殺技名とか、子供の頃よく考えて遊んでたよー」

由岐人は幼女よりもよほど無邪気に言う。財閥の息子であろうが、幼少期の楽しみはたいして変わらないものなのかも知れない。それとも、その世界においてもまた彼は異端だったのだろうか。

「こちらではごく普通のことなのですが。例えば私は王族の直系子孫ですので、このような髪色です。濃淡には個人差がありますが、それと保持する能力の関連はありません。王族は今でも王家にまつわるあらゆる事象に干渉できます。私の場合はタンジェント・ポイントの管理や占い師の選定、今回のように自らで占う場合も稀にありますし、その他の事柄においてもほぼ万能と言えます」

「すげぇじゃん。普通にお前が今の王様を倒して、王座奪還すればいいんじゃやねぇの？」

　ごく当たり前のように暁月は言った。確かにその通りではある。しかしカイゼは残念そうにふるふると首を横に振った。

「私たちは王族直系の子孫であっても、王制そのものは過去のものです。現在では政治的な事象を司る家系があり、その髪色はおよそブロンドで、男女ともに長く伸ばしているのが現在直接的に携わっている者です。この世界では思念が鍵になるため、非常に治安はいいのですよ。気性の穏やかな人種ですし、資源も豊かなので争いも起きません。ですから、政治的に優れた家系の者が上に立っていれば、問題はないのです」

　言っている内容の割にはカイゼの表情は晴れない。

「ただ、現王は玉座にいなければならないのです。王制でこそないものの、王の存在そのものは失くすわけにはいかないのです。治安維持のためとも、各家系で持っている能力を失わせないためとも言われていますが、玉座に就く者がいなければ、この世界は壊れると伝えられています」

「わぉ」

　彩葉が世界規模の思わぬ深刻さに、しかしそれには相応しくない反応で驚く。

「それがどうして別の世界から呼んだ奴に変わったんだ？」

暁月がまったく動じずに言う。平坦な言葉に好奇心はまったく感じられないが、興味はないわけでもないのか、ひとまず事実確認をしたいらしい。一見無気力そうで何もしたくなさそうだが、自分の置かれた立場を確認せずにはいられないのだろう。確かに現実主義ではあるようだ。

「ええ……これは王家の恥でもありますので、あまり声高には言えないのですが、そのかつての王が非常に気まぐれな方だったようで、自由であるという不自由さに嫌気が差し、王位を放棄したがったのです。しかし、当時の王制では当然、王家の血筋の者が後を継ぐのがしきたりでしたし、他の家系の者にはそれ相応の職務もあり、誰も代われる者がいませんでした。その頃、ちょうどタンジェント・ポイントへの干渉が安定してきたこともあり、まぁ本人は遊び心だったのでしょうけれど、別の世界から異質な者を招き入れてしまったのです」

「アホくさ」

一気に暁月の興味は冷めたようで、おもちゃに飽きた子供のように、途端にそのまま仰向けに倒れた。仕方ないな、と思いながらもカイゼは話を続ける。

「……その王はよほど玉座に恨みを持っていたのか、単なる悪戯心からなのかはわからないのですが、王族にだけ備わっている能力で、その来訪者を玉座に縛ってしまいました。さすがに奔放な王とは言えど、世界が壊れると言われているような状況下で、ふらりと席を離れるわけにはいかなかったのでしょうね。これは私たち王族の子孫から見た理想論ではあるのですが。それ以降、一度玉座に座ってしまうと、たとえそれがどこの誰であれ、後継者が現れるまでは自らの意志で玉座を下りられなくなったのです。〈王の呪い〉とも、〈玉座の鎖〉とも呼ばれています」

「名前だけ無駄にカッコいいわね」

仰向けになったまま、一応聞いてはいた暁月だが、どことなく釈然としない。ただ、それをうまく言語化できないというか、自分がカイゼの話の何に引っ掛かっているのかを、なかなか捉えられずにいた。

「じゃあ、この世界の人たちはそれぞれの家系で決められた仕事があるから、よその世界から呼んじゃえ、ってなったわけだねー。すごいフリーダムな王様だねー」

感心してる場合かよ、と突っ込みそうになりつつ、まぁこいつも似たようなタイプだったな、と暁月は思い留まった。

由岐人は桐来財閥の次男だが、学者というあまり金になりそうにない、ほぼ趣味のようなことを生業（なりわい）としている。それなりに収入はあるが、大学からの給与だけでは通常あり得ないような、独身で実家にいた頃と変わらない暮らしをしていた。今は結婚して家から出ている上に、結婚相手の弟も養っているというのに、まったく苦労はない。

もちろん、暁月の姉である聡子にも収入はあるので、一般的な生活ができることに対しては不思議ではないし、ありがたい話ではある。しかし、学者と言えどもまだギリギリ二十代で、院卒ではあるものの教授の肩書を持つわけでもなく、暁月から見れば朝は自分より遅くに出勤して、夕飯は一緒に食べられる程度の時間には帰宅する義兄の収入源はまったくもって不明で不審でしかない。

その義兄の父親は当然ながら財閥のトップであり、長男は新進気鋭で雄弁な政治家だ。由岐人曰く、「功績を挙げて更に名を馳せる広告塔になるなら」という条件付きで研究資金の提供を受けているらしい。その辺りも含めて「あんまり人に言っちゃいけないあれこれ」の仕事もしていると察する。もちろん詳細までは知らない。それ敢えて本人がぼかして言うのなら深く訊く必要はないし、自分には関係ない。それが姉の不名誉になったり、生きる上で邪魔になるなら話は別だが、そうでもないなら構わない。それだけだ。

姉から結婚の意志を知らされた時、シスコンを自認している暁月は桐来由岐人のことを、とにかくくまなく調べ上げた。しかし、財閥の次男という微妙な立ち位置のせいか、特に目ぼしい情報が見当たらず、かえってそこに不自然さを感じた。

桐来財閥と検索すれば、トップでオフィシャルが引っかかるし、それに続いて何ページもの関連情報が見つかる。政治家の兄も同様だ。こちらは私設ファンクラブというものまであり、政治活動に何か引っ掛かったりしないのかと気になったが、〈私設〉ならば本人は無関係だろうからいいのか、と考えて流した。

しかし、次男については在学していた大学の卒論や、現在職場として研究室を置いている大学がヒットする程度で、本人については特に細かに語られているものがなかった。

考えようによっては、次男には特筆すべき事柄は何もない、とも受け取れる。いいことも悪いことも、まとめてわざわざ誰も話題にしないというのなら、姉が結婚相手にしても何かに巻き込まれるような不安はないし、強固な後ろ盾があると思えば安心ではあった。

何より、聡子本人が由岐人を非常に信頼している。シスコン暁月は、そうなるともう反対意見を出せなかった。何かしらのよくない事実を突き付けられれば、結婚を阻止できると考えての行動だったのだが、結局は空振りに終わり、結婚式も披露宴もせずに入籍だけを済ませ、ある日突然由岐人が「聡子さんの夫になりました一！」と陽気にやって来て以来、当たり前のような顔をして一緒に住んでいる。

もちろん、入籍の前には顔合わせしたので、本当にいきなり現れた不審者というわけではないが、暁月の中では今も昔も「変な奴」という認識は変わらない。聡子は戸籍上の名字を〈桐来〉に変えているが、暁月は当然もとの両親の姓である〈笹塚〉だから、普通の一戸建ての玄関に、天下の〈桐来〉と平凡な〈笹塚〉の表札が並ぶという異常事態になっている上、隣家は目下大躍進中の〈孤月〉という珍妙な光景となった。

まぁそういうなら、由岐人も恵まれたフリーダムな人間だと言える。この世界のように、何かしらの不思議な能力を持っているわけではないものの、逆に言うなら生まれ持った血よりも立派な〈実力〉という名の能力を持っている。名門の家柄が、家名を傷付けない程度の自由を許して資金提供さえするのも、持ち前の天才的な頭脳によるところが大きい。

父や兄のように、人前や人の上に立つタイプではないが、自分の世界にこもって何かしらを築き上げる力は、悔しながらも暁月は認めている。ある意味では異端であるし、だからこそ財閥という家の生まれにはまるで見えないフランクで親しみやすい、むしろやや緩い雰囲気さえある由岐人は、純粋に他人に好かれる。金や名誉を目的としない、純粋な敬愛。それを人望と呼ぶのはまだ、暁月には癪ではあるが。

「弟くん、どうしたのー?」

急に義兄の顔がどアップで目の前に出現し、反射的にはたき落とす。まるで虫だ。

「——びっくりさせんな」

「びっくりさせてはいないよ。弟くんが勝手にびっくりしただけでしょ」

屁理屈のように由岐人は言うが、相変わらず笑顔で楽しそうだ。命が尽きる瞬間までこの笑顔でいそうなくらいに、由岐人はいつも穏やかな笑みを浮かべている。彩葉と話せば「きゃははー！」と頭の悪そうな笑い方もするし、聡子と話せば「うふふ」とちょっと気持ち悪いような含み笑いもする。

姉が結婚する前からずっと「俺のことを馴れ馴れしく名前で呼ぶな」と言っていたせいで、今でも「弟くん」としか呼ばない暁月の前でも、やはり優しい微笑みは絶やさない。笑ったままで表情筋が固まっているのかと思うほどだが、笑みの種類は豊富で、さまざまに意味合いを含んで変わるので、表情筋は死んでいないようだった。

「あ」

ぱちん、と弾けるように暁月の脳内にバラけていた疑問の断片が瞬時に繋がった。身体を起こしてカイゼに向かって言う。

「なぁ、俺たち今からここで三日間過ごすってことだよな？」

「ええ」

「でも俺たちの現実世界の方では、寝てる間の三時間でしかないってことだろ？」

「そうです」

「王座奪還、とか言ってたけど、それはあくまで目的であって、遂行じゃないんだろ？」

ややカイゼの表情が曇る。当たりか、と暁月は確信した。

「……ご明察ですね」

苦々しそうなその顔は、とても幼女のものではない。暁月を侮っていたことを悔いているのだろうか。

「何なに？　暁月、どういう意味？」

「だからさぁ、俺たちは理由はともかく何か違う世界に連れて来られたわけだけど、ここで三日間平穏無事に過ごしていれば、勝手にもとの世界に戻れるってことだよ」

「そうなの？」

「そうでしょ」

由岐人は初めからわかっていたらしく、何の問題もなさそうに言う。

「こっちで死んだら向こうでも死ぬ、って言われたけどさ。じゃあ何もせずにだらだら三日間過ごしてれば、何事もなく無事にもとの世界の三時間後に戻れるわけじゃん？　なら、わざわざ危ない橋を渡ってまで王様を倒しに行く必要なんかないわけ」

「へー、そっか」

彩葉は特に関心もなさそうだ。多分実際に、ない。そして由岐人も。

「だけどせっかく呼んでもらったんだし、何かしたくなーい？」

「したくない」

あくまで暁月は冷たくあしらう。

「まぁそういうことで。危うく騙されるとこだったけどな」

「騙すつもりはありませんよ。ただ、最小限の情報しかお話ししなかっただけです。それに――」

カイゼは横にいる彩葉と、いつの間にかその隣に移動した由岐人をちらりと見やって、少したため息をついた。

「多分もう、手遅れなのでは？」

「……」

二人の様子を見た暁月も、カイゼのため息の理由を理解した。変人同士が意気投合して、「王様倒したらご褒美くれるかな？」とか「玉座のシステムって分解したらわかると思う？」などと話し合っている。つまり、行く気満々ということだ。このタッグになってしまうと、勝てる気がしない。暁月の意見など、聞く耳も持たないだろうから。実際にもう既に彼らの中ではスタートしているようでもある。

「……マジかよ」

「仕方ないでしょう。そもそもはあなたが〈プンクト〉なんですから」

「好きでそうなったわけじゃない」

「占いの結果があなたを示した理由がようやくわかりました。簡単に言えば、こうなることが予測されていたのでしょうね」

「かなり先の見える精度の高い占いなことで」

嫌味をふんだんに込めて言ってみたが、それで気持ちが晴れるわけでもなく、ただ目の前の憂鬱な現実——面倒な変人二人組を見て滅入るだけだった。

見上げると、空の赤みが薄闇に変わりつつある。都会ではなかなかお目にかかれない広い空だ。高いビルも、電線もない。視界を遮る邪魔なものは一切なく、純粋に美しい色をした空だけがあった。そこでふと気付く。本当に何もないことに。

「なぁ、ここって森なんだよな？」

「ええ」

「何で何もいないの？」

「何も、とは？」

「鳥とか虫とか、そういうの」

恐ろしい野生生物はいないと言っていたが、それにしても何も生命の気配がなさ過ぎる。草は生えてはいるが、そう言えば花もない。草が生命ではないとは言わないが、空以外の色はほぼ緑色の濃淡でしかない。よく考えれば、少し異常だ。少なくとも、暁月が想像していた〈森〉とは違う。

さすがに木の幹は茶色の部分もあるが、それを覆い隠すほどに背の高い草が生い茂っているので、見た目では本当に緑一色なのだ。一度認識してしまうと、薄気味悪く感じてしまう。本来はこうあるべき、と自分で無意識に定義していたものとかけ離れた現実を突き付けられると、人間は恐怖を感じてしまうものなのかも知れない。

「野生の動物とは生態系が違いますから。当然私たちとは住む場所も違います。互いに認識してはいても、干渉しません。ですから、ペットのような概念はありませんし、食用に捕らえるようなこともしません。植物に関しては、観賞用にしろ食用にしろ、趣味程度に育成している方はいますけれど」

完全に独立しているということか。もちろん本来はそれが自然なことなのだとは思う。

暁月自身も昔、読んでいた漫画の中に出てきた〈愛玩動物〉という単語に〈ペット〉というルビが振られているのを見て、何となく嫌な気持ちになったことがあった。現実主義で平和主義ではあるが、博愛主義を気取るつもりはない。それでも、日本の狭い家の中でも飼いやすいようなサイズになるようにと、わざわざ掛け合わせて生まれた犬などを見ると、その不遇を憐れに思ってしまう。

家の近くにあって便利だからというだけの理由で、たまに文房具を買いに行くホームセンターに、ペットショップが併設されているのが今も非常に不快だ。店の入口の自動ドアが開くだけで、一番奥に位置しているはずのペットショップから甲高い仔犬の鳴き声が聞こえると、何も買わずに帰りたくなる。

「――平和だな」

「そうですね。争いの種がありませんから」

思念が具現化するなら、貧富の差はそうないのだろう。もちろん、具現化するためにゲルトが必要ではあるが、雑草を抜くだけでも増えるらしいし、それはつまり、いいことをすれば生活が成り立つということだ。気性が穏やかにもなるだろう。人に優しく、自然に優しく、家系や血統によって与えられた職務をこなせば、何不自由なく暮らせる世界。争う理由が見つからない。

「王様って、そんなにつまんねぇ仕事なの？」

「どうでしょう。政治的なことは別の家系が受け持っていますし、私たち王族直系子孫でも現王には逆らえません。別に逆らう理由もないですし。ですから、好きに何でもできるんですよ。玉座を離れられないと言っても、それはもちろん言語表現上のことですから、実際に身体に張り付いているわけではありません。好きな場所に行って好きなことができます。ずっと座ったままじっとしていなければならないというわけではないのですが」

　カイゼも不思議そうに言う。そもそもは王であることがつまらないと投げ出した家系の子孫なのだが、暁月が見る限り、その気質までは受け継がれてはいないらしい。当時の王だけが異端だったのだろうか。

「普段は何してるんだろう」

「ゲームをひたすらやっているそうです。面白くないからと、自分でさまざまなものを作っていらっしゃいますが、すぐにクリアしてしまうとかで。きっと、延々とパズルをしているような気分なのかも知れませんね。満たされないのではないかと、占い師の一人が言っていました」

「満たされない？」

「ええ。現在は王制ではなくなっていますが、形式上だけとは言え、王は存在していますので、一応王に仕える職務もあるのです。どんな要求にも応えられるように、私たち王族直系子孫がそれを受け持っています。備えている能力はほぼ万能に近いので、大抵の要求には応じられるのですが、現王は何を与えても満足しないらしく。多分、ご本人も自分が何を欲しているのかわからないのかも知れません」

「めんどくせぇ奴」

まるでガキだな、と暁月は思った。さんざんわがままを言うものの、ああでもないこうでもないと屁理屈をこねては、実はただ構って欲しいだけの子供のようだ。そういう奴に限って、本当に欲しいのは形のある物ではなく、目に見えない親の愛情だったりすることが多い。

「けど、これまでに何人も来たんだろ？　その、〈候補者〉ってのが」

「ええ。みなさん、惨敗でしたが」

「そんなもん、自分が負ける勝負を持ちかけるとか、手抜きでわざと負けるとかして、押し付ければいいだけじゃねぇの？」

「私もそう思いますよ。けれど現王は、不器用な方なのでしょうね。いざ勝負となると、どうしても真剣になってしまうようで」

「ただの負けず嫌いじゃねぇか」

ため息しか出ない。何か楽な攻略方法でもあればと思ったが、王を辞めたいのに負けるのは嫌だという理不尽な相手に、どう勝てばいいのか。別に暁月自身は勝ち負けなどどうでもいいし、むしろ早くもとの世界に戻って普通に生きたいだけなので、時間さえ経てばいいのだけれど、そこの変人たちの話題が既に戦略会議レベルになっているので、巻き込まれるのは避けられないという覚悟もするしかない。

せめて生き延びていたい。瀕死の重体でもいいから、もとの世界に戻った時に、現代医療で治療できる程度にしてくれれば、あとは適当にしておいてもらえるだけでよかった。

薄暗くなってきた空は、だんだん闇に飲まれていく。何か灯りが必要なのではないかと思った時、カイゼの前にランタンのようなものが現れた。微細な装飾が施されていて、明らかに高級品のような雰囲気が窺える。灯っている温かみのある色は、周囲を柔らかく照らす。彩葉と由岐人も、ようやく時間の経過に気付いて空を見上げた。

「それ出した？」

「いえ、時間によって出現するのです。周囲が暗くなると、人気のある場所に点在するように配置されます」

「へー、設置型のライトと違って、灯りの点いていない時は本体ごとないのって、スペースの有効活用とか、景観の面でもいい感じだねー。勝手に現れるっていうことは、それは世界的な福利っていう感じ？」

「そうですね。必要な時に、必要な場所に現れます。他にもいくつかそういうものがありますよ」

政治家の兄がこれを実現できれば、相当に国民からの支持率が上がるのだろうが、もちろん実現可能な事象ではないので提案できそうにない。由岐人は「分解してもいい？」と言いたいところを飲み込んで、記憶の隅に留めておくだけにした。

「何だよ、もう夜ってわけ？　さっき食ったばっかりな気分なのに、日が暮れたと思ったら何でだか腹が減るよな」

「若いねー」

確かに、感覚的には寝る少し前、夕飯を食べた。普段は朝まで空腹で起きることなどないから、今空腹感があるはずもないのに、雰囲気というのはそういう部分への刺激も与えたりもするのだから不思議なものだ。

「あーそうだ、肉食いたい、肉。よし、出ろ肉」

暁月が適当に言うと、目の前に思ったより厚い肉の塊が、想像通りに鉄板に乗って現れた。「お、ステーキ?」と喜んで手元に引き寄せると、すぐに異変に気付いて顔をしかめる。

「っつーか何このニオイ！　くっさ！　マジで食いもんかよ!?」

「こちらでは肉と言えばサテックですよ。なかなか高価ですし、祝い事でも人気です」

「サテックって何？」

「ああ、そちらで言うところの……ヤギ？　のようなものでしょうか。食べませんか？」

「食べない！　いや、食べる奴もいるけど、俺はジビエは苦手！　ヤギの肉なんて新鮮なうちに猟師が食うものでしかない！」

鉄板を少し押し戻して、暁月は顔を背ける。他の三人は特に気にしていないが、よほど嫌いな臭いらしい。

「それならそう言ってくださらないと。すべての常識があなたを中心にしているわけではないのですから」

「正論過ぎて返す言葉もないっ」

「幼女グッジョブ！」

また突如スイッチの入った彩葉に、カイゼは無防備に抱きくるめられた。苦しくないのだからまぁいいか……と感じるようになってしまっている自分にやや驚く。

暁月は横を向いたまま通帳を確認し、それのために想像以上の数字がマイナス表示されているのに慌てて、鉄板を再び引き寄せて半泣きになりながら食べた。

「うー、不味い……でも食わないわけにはいかない……」

「偉いね弟くん。食べ物は粗末にしちゃダメだからねー。たとえこの世界ではその肉が本物の動物を犠牲にしたものでなくても、やっぱり大切な資源だから」

「うるせぇよ、俺は姉ちゃんがそう言うから食うだけだ。何でお前が姉ちゃんと同じこと言うんだよ」

「えー？　夫婦だからかな？」

「うぜぇ」

冷たい視線を由岐人に投げ、暁月は黙々とその臭くて不味い肉を完食した。口に残る不快な後味を消したいらしく、どんな飲み物を出そうかと真剣に考えている。

「はい、どうぞ」

由岐人が暁月に湯呑みを渡す。はずみで受け取ってしまったが、いつの間に、と思った。濃いお茶の匂いがする。

「緑茶にはカテキンやポリフェノールがたくさん含まれてるから、ニオイ成分を抑える効果があってね。即効性もあるから、今は一番いいと思うよ。柿も効果的なんだけど、弟くんは柿嫌いでしょ？」

「何でお前が知ってるんだ」

「お兄ちゃんだから」

「……うぜぇ」

言いつつも、受け取った湯呑みをすすった。濃いめの、という指定でもしたのか、自宅で飲むお茶よりも随分濃い。思念が具体的であるほど、思った通りのものが出せるというから、それは出したいものを構成する物質などをよく知っている学者なら簡単なのだろう。

悔しいが、背に腹は代えられないほどに早く臭いを消したかったので、心の中で小さく「どうも」と呟いてから口の中をゆすぐように隅々まで行き渡らせて飲んだ。

確かに、多少はマシになった気がする。プラシーボの可能性もあるが、効果を感じられるなら今は何でもいい。

「何だか、あっという間に暗くなっちゃったね」

彩葉が残念そうに言う。まだカイゼを懐に入れたままだ。

「感覚的に、さっき寝た感じだから、早々に一日経ったみたいな気になるけど、そうじゃないんだよねぇ？」

胸元にあるカイゼの小さな顔に言うと、幼女はコクリと頷いた。

「まだわずか半日です。ですが、こちらの時間では今は夜になりますので、もうお休みになられますか？」

カイゼの言葉から、ありありと「早く寝ろ」という気持ちが窺える。彩葉が寝てくれなければ、自分の自由がきかないからだろう。まぁ、わからなくはない。

「そうだな。じゃあ俺、あっちで寝るわ。どうせヤバい動物とかの心配はないんだろ？　寒くも暑くもないし、寝るだけなら草があれば十分だ」

まるで野営に慣れた歴戦の戦士のような言い草ではあるが、実際のところの暁月は極度のインドア派だ。例えテントがあろうとも、わざわざ遠くに出かけて外で寝たがる人間の気が知れないとさえ思っている。安物であろうと、安心して眠れる自宅の布団に勝るものはないし、他にあるとすれば高級ホテルのスイートルームとか、そういう自分には一生縁のなさそうなものだろう。

とは言え、義兄に頼めばいくらでもそんな体験はさせてくれるだろうが、そこまでして経験したいものではない。もし義兄に頭を下げるとしたら、何らかの事情で自分の命が先に尽きる時に、その後の姉のすべてを頼む時くらいだ。そうでなければ、見返りに何を要求されるかわかったものではない。……いや、むしろ明白過ぎて嫌だ。今カイゼが彩葉の懐にいるように、自分が由岐人の懐に入れられることになりかねない。考えるだけでもおぞましい。

「じゃ、お先」

ゆらりと立ち上がって、暁月は草が生い茂っている方に進みかける。そこでふと振り返り、哀れみを含んだ目でカイゼを見た。

「?」

そんな顔で見られる覚えはなかったので、カイゼも少し驚く。しかし暁月の口から、ぶっきらぼうに放たれた言葉に彼なりの親切心を感じた。

「その変態、数字好きの変人でもあるから、羊より数字を数えるだけですぐおとなしくなるぞ」

「失礼ね。数字は好きだけれど、変人ではないわよ」

「まぁ、試してみる価値はあると思うけどな」

誰にともなく言い残し、暁月は背の高い草を分け入って行った。

「じゃあ僕も失礼しようかな。最近睡眠不足だから、せっかくもらった時間だし、ゆっくりさせてもらうよ。おやすみー」

「おやすみなさーい」

由岐人は暁月の分け入った方向に少し目をやったが、敢えて反対側に歩いていった。草の背丈はそう高くはないが、いくつかの岩がある。枕にでもするのだろうか。

「よっし、男どもが消えた！　幼女、ここから先はおねーさんとの素敵な時間の始まりよ」

「あの、せめて名前で呼んでいただけると……」

カイゼは抵抗する気も失せたのか、彩葉のあまりの強引さと狂気さえ感じる執着心を恐れたのか、それだけ言った。

「ああ、そうね。名前は呼ぶためにあるんだものね。オッケー、カイゼちゃん。ああ、名前もすべてが愛らしい。幼女バンザイ」

早く離れたい……カイゼの心は珍しく乱され、その理由がこんな普通の女子高生だということに驚いた。

王族直系子孫を名乗るのだから、普段から多少のことでは動じない。そうでなければ職務をこなせないし、そもそも交差世界の人間と関わるのも難しいだろう。あらゆる意味で文明が低い世界の人間を相手に、理解されにくいことをわからせるようにして、王座奪還に赴いてもらわなければならないのだ。見た目の幼さで軽くあしらわれたこともあるし、言っていることがわからないと聞いてもらえなかったこともある。

占いで明示されるのは毎回一人の〈プンクト〉だし、暁月のように理解も納得も早かった者はいなかったので、更に二人も引き寄せられたことはなかった。大口を叩いたはいいものの、結局負けず嫌いの現王に惨敗して惨めに帰っていく者たち。そして、その後「くだらねぇ」と愚痴をこぼす現王。

もしかしたら今回こそ、この世界は変わるかも知れない、と、カイゼの無意識にほのかな期待が芽生えた。

2

「全然眠っていらっしゃらないじゃないですか」

暁月の言葉にすがるように、彩葉に「聞いてください」と言って数字を数え始めてからしばらくすると、腰をホールドされていた腕の力が抜けたのがわかった。確かに彩葉は眠ったようだ。もそもそと這い出たカイゼは、改めて彩葉の整った寝顔を見て熟睡加減を確認し、暁月の分け入った先を覗いて、そちらでもまったく何の緊張感もなく爆睡している姿を見てから、最終的に何故岩の方を選んだのかが気になった由岐人のもとへ行った。

思った通りではあったが、由岐人は眠ってなどいない。手にはメモ帳のような小さな紙の束を持ち、筆記具で何かを熱心に書き付けている。

「あははー、やっぱり来ちゃったね。アヤちゃん、どのくらいで寝た？」

「二百六十八、で気付けば脱出できました」

「ふふっ、相変わらず早いなぁ」

由岐人はカイゼの訪問を見抜いていたかのように言い、顔も上げずにメモを続けている。

「睡眠不足だったのでは？」

呆れながら、カイゼは近付いていく。由岐人が腰掛けにしている平らな岩の向かい側にも、まるで来訪者用かのように平らな岩があったので、計算済みか、と思いながらもカイゼは遠慮なくそこに座った。

「いやー、仕事中に寝落ちしちゃってたからね、どうしても続きが気になっちゃって。このメモを持って帰れるかどうかはわからないけど、書いてさえおけば思い出せるから」

気軽に言うものの、それを本当に実行できる者はそう多くはないだろう。もちろん、何もしないよりは効果的であるとは思うが。

「お仕事熱心なのですね」

「んー、お仕事っていうか、研究熱心な方かな。まぁ、たまたまそれがお金になるから、僕としてはラッキーではあるんだけどね」

ちらりとカイゼを見て微笑み、また熱心に書き物を続ける。しばらくの間、沈黙が下りた。それを破ったのは由岐人だ。

「それで？　何か用事があって来たんでしょ？　まさかきみも眠らなくても大丈夫な体質だとかじゃないよね？」

「まぁ、一応人並みの睡眠はとります。どちらかと言えば、私はあまり睡眠時間は長くなくても大丈夫な傾向にあるようですが」

「それでもちゃんと寝ておかないと、大きくなれないよ？」

冗談っぽく由岐人は言って、自分だけ小さく笑う。カイゼが見た目通りの小さな子供だとは考えていないようで、ちょっとした冗談だったのだろう。

「お兄さまは」

「んー？」

「あの……暁月さんとは、どのような？」

「関係で言うなら普通に、義理の兄っていうことになるけど。どうしたの？」

先程までのように、無意味に語尾を伸ばしてのんびり話すことはなく、熱心に書き物をしながらもカイゼの話も聞き漏らさず、質問までしてくる。こうして見れば、普通に年相応の大人の男性だ。別に二人の高校生に合わせて会話のレベルを落とす必要もないのに、とは思うが、何かしらの思いあってのことだろうとカイゼも察する。

「暁月さんの方はあまりお兄さまに好意的ではないようですし、一般的には義理であっても、兄弟であれば名前で呼び合うものではないかと思ったので」

「まぁ、一般的にはそうかも知れないね。ただ僕は、弟くんの大切なお姉さんを奪っていっちゃった男だから、彼なりに許せない部分もあるんだと思うよ。それに結婚する前から、お前なんかに名前で呼ばれたくない、って釘を刺されてるしね。まだ『弟くん』って呼ばせてもらえるだけいい方だと思ってる。僕も『クソ兄』とか言われてるけど、それでも一応〈兄〉とは認識してもらえてるならマシだと思うし」

複雑なものだ、と思いつつ、暁月の一方的な嫉妬か、とカイゼは理解する。

「仕方ないよ。弟くんの一番大切な人だからね、聡子さんは。そりゃ、どこの誰か

もわからないような男と結婚して、自分が一人ぼっちになったらどうしようようってい
う気持ちはあったんじゃないかな」
「お姉さまがご結婚すると、一人になるのですか？――ああ、確かご両親が……」
「うん、弟くんと聡子さんのご両親は、随分前に亡くなってるんだよ。交通事故で
ね。聡子さんが中二の時だから……弟くんは二歳かな」
　思わずカイゼは息を飲んだ。二歳。彼らの知能レベルなら、多分まだ両親の顔も
覚えてはいるまい。そう言えば暁月も、写真を見たとは言っていたが、記憶にある
とは言っていなかった気がする。
「では、その後はお姉さまがずっとあの方を？」
「そうなるね。まぁ一応、アヤちゃんの家の人とは仲良くしてたみたいだから、聡
子さんは孤月の家の人に助けてもらいながら、学業と育児を両立するっていうこと
をやってたなぁ。偉いよね」
　メモを取る手を止めて、由岐人はふぅ……と息を吐く。虚空を見ながら、そこに
妻の顔でも思い浮かべているのだろうか。
「ここって、何とかいうポイントを離れたら、もう二度と交わることはないんだっ
け？」
　唐突に由岐人が言う。意味するところを掴みかねたまま、カイゼは曖昧に頷く。

「交差はします。過去に何度もしていますし、今後も不定期に交わるでしょう。ただ、両方の世界の時間軸は絶対に同じになることはないので、仮に今後交わったとしても、あなた方と再び出会うことはないかと」

そっか、と由岐人は緩く微笑み、少し考えた。

「じゃあ、ちょっと僕の懺悔に付き合ってもらってもいい？」

「懺悔？」

「うん。本当は誰にも言わずに墓まで持って行く秘密なんだけど、やっぱり結構難しいね、隠し事は。けど、ここで言ったことはいわば古井戸に叫んで蓋をするようなものだから、ちょっと吐き出して置いていきたいなって」

由岐人の真意が見えないが、カイゼは断る理由もなく、純粋に興味もあったので、黙って頷いた。何より、交差世界の人間と、必要最低限以上の会話などほとんどしたことがない。知的好奇心も大いに刺激された。

「ありがとう。まぁ、ただのノロケ話になっちゃうんだけどね。……僕が聡子さんと初めて会ったのが、お互いに中学一年の時だった。学校は別だったんだけれど、全国的な学生ピアノコンクールの予選会があってね。聡子さんはまだご両親が健在で、ピアノ教室に通っていて、当時から突出した能力があったから、選ばれて出場。一方僕は、家の方針で英才教育みたいな感覚でやってたピアノだけど、それなりに何でも卒なくできちゃうもんだから、選抜メンバーに選ばれて出場。ちょっと大きな音楽ホールで出会った時に、僕が衝撃的な一目惚れをしたんだよ」

暁月の両親が亡くなる前年に出会ったというわけか。ならば暁月よりも、由岐人の方が彼の両親の顔をよく知っているし、まだ覚えているのだろう。

「僕は勇気を出して聡子さんに話し掛けた。まぁ、ナンパするような軽い気持ちじゃなかったし、ピアノを弾く聡子さんは本当に女神のようにキレイだったから、話し掛けたって言えるほどのことでもないけれどね。素敵な演奏でした、って言ったくらいかな。僕も名乗ってしまうと相手が恐縮してしまうような家柄ではあったから、自己紹介はしなかった。その時に初めて僕は、何て面倒な家に生まれちゃったんだろうって思ったよ。一目惚れした女の子に、純粋に自分の名前も言えやしない。自分が名乗らないのに相手の名前を訊くのも失礼だしね。幸いなことに、演奏順や学校名や個人名は、出演者がもらった冊子に載っていたから、僕の方はすぐに彼女の名前を知ることができたのはラッキーだった」

そんなしがらみなど一切見せないタイプのようなのに、彼でもやはり出自のせいで不自由をしたこともあるらしい。それは大抵の場合、程度の低い身分であったり、犯罪者家族であったりする場合くらいかと思っていたが、資産家でもそんな不便があるのかとカイゼは不思議に思った。知識としては交差世界の文明や文化を学んではいるが、やはり実際に関わるのとは違うものだ。

「早速僕は調べた。学校名と個人名がわかれば、その先はそう難しいことでもないしね。ただ、通学途中でばったり会うほどに近くに住んでいるわけでもないし、通っているピアノ教室も違うし、偶然を装って出会うのは難しかった。だから、中学生の未熟な僕が初めての恋にもじもじしている間に、彼女はご両親を事故で亡くしてしまった」

ぎり、と由岐人は口唇を噛んだ。悔しさが滲んでいる。彼が悪いわけではないのに、とカイゼは不思議に思うが、好きな女性の不幸を後になって知った悔しさを追体験しているのかも知れない。

カイゼ自身、王家直系の子孫であるため、生まれた時から既に婚約者がいるような立場ではある。しかし、取り立ててそれを不満に思ったこともなければ、嫌だとも嬉しいとも感じない。ただ、そういうものだと受け入れるだけだ。それが王族ゆかりの者に課せられた宿命ならば仕方がない。抗う意味もない。そういう意味では自由恋愛などはないが、そもそもこちら側にはそのような概念もないので、それぞれの一族の繁栄が健全な世界の発展に繋がるならばそれでいいと思っている。

「知った時は驚いたよ。僕は躍起になって、まずは事故を起こした相手を探そうとした。それはすぐにわかったけどね。新聞に載ったくらいだから。仲のいいご両親は、二人でドライブに行くのが好きだったらしくて、聡子さんも幼い弟くんの面倒は自分が見るから、休みの日は出掛けておいでって言えるような、本当に優しい女性だった。そんな二人の乗った車は、免許を取ったばかりで浮かれている十九歳の少年が運転するレンタカーに、真正面からぶつかられたらしい。完全に相手側の過失だよ。五人乗りの軽自動車に若者がきっちり五人乗ってでね、大騒ぎしながら浮かれてはしゃいでたんでしょ。その気持ちは、今の年齢になればわからなくもないけれどね。当時はさすがに、受け入れられるものじゃなかった。どうして何もしていない、普通に自分の車線を規則通りに走っていた聡子さんのご両親が、反対車線から猛スピードで突っ込んできた軽自動車に当たられなくちゃいけなかったんだろうね」

そうごちる由岐人の目は、少し諦めの色が混じっているように見えた。今更言っても仕方がないことだとわかっている。自分がどうこうできる問題でもなかったのだし、もちろん両親に非はなく、「当たられなくちゃいけなかった」理由など、あるはずもないだろう。それでも、愛する女性が悲しむ姿を見ても、声も掛けられない。

「相手は十九歳。こっちに残されたのは中学二年生の少女と、生まれて二年にも満たない幼子。世間は当然被害者を擁護した。孤月の家の人が二人をかくまってくれたから、マスコミが家を囲んで学校にも行けない、っていうようなことにはならなかったけどね。その点は本当に感謝してるよ。だからウチは今でも主に僕の裁量で孤月の家に干渉できるんだ。ここは後で説明するけれど。その後は孤月の家の人の協力もあって、あとはアヤちゃんと弟くんが同い年でもともと家同士が仲がよかったことや、聡子さんもみんなに愛される子供だったことがいろいろ幸運な方に働いて、大きな不自由もなくみんな大きくなった」

「それは……よかったと言ってもいいのでしょうか？」

「ああ、気を遣わなくてもいいよ。僕は実際のところは被害者でも何でもないしね。その頃は被害者の関係者ですらなかったんだし。まぁ聡子さんと弟くんが元気にまっすぐ成長してくれたことが一番嬉しいよ。実はその事故で、運転手の少年も亡くなってるんだよね。他の四人も重症を負った。まぁ、車の強度やスピードや当たり方なんだろうね。聡子さんのご両親は一般的な普通車だったけれど、それでも二人だから当然運転席と助手席に座っているわけだし、真正面から相当なスピードで当たられちゃったら、さすがに命はなかった。相手側は運転席が酷い状態だったから、運転手の少年もパニックになってハンドルも切れなかったのかも知れないね。普通は咄嗟に左右どちらかに切ってしまうものなんだけど、そんな動作が瞬時に出るほど運転にも慣れてなかったんだと思うよ。むしろ聡子さんは、そっちの方を気に掛けてた」

「亡くなった方をですか？」

「そう。勝手に当たって来た方が死んでも、知ったことじゃないのにね」

ゴクリと、カイゼは静かに唾を飲む。この男から、こんな突き放した声音で冷たい言葉が出るとは思わなかった。根っからの善人だと信じていたわけではないが、もっと能天気でお気楽な雰囲気だったから、当初のように無駄に語尾を伸ばしてやや能なしのような言い方をしていれば、ここまで背筋が張り詰めることもなかっただろう。

多分こちらが、この男の本音なのだ。しかし、それは決して彼が人の命を軽んじる極悪人というわけではなく、愛する女性を思うあまりにそれを傷付けるすべてを許さないという、強い意志のように思えた。そして、何をどうすることもできなかった無力な自分を今でも悔いて許せずにいる。カイゼはそんなふうに感じた。

「孤月の家との関係を知ってっていうせいもあったのかも知れないけれど、亡くなった運転手の少年のご両親が聡子さんに謝罪に来たんだ。本当なら会いたくもない相手だろうし、孤月の家の両親も断ろうかって言ってくれた。けれど聡子さんは『あちらの方の思いを無碍（むげ）にはできません』って言って、会ってあげた。孤月の家には既にウチがついていたから、強気に発言してもいいし、罵声を浴びせてもまったく気にしなくてもいいから、気の済むまでお話ししなさい、って言ってもらってたんだけどね。聡子さんは泣いて詫びる相手の少年の両親に、中学生とは思えない落ち着きぶりで穏やかに、『過ぎたことを悔やんでも仕方がないので、お互いに前を向いて歩んでいきましょう』なんて言ったんだ。天使だ、と僕は思ったよ。比喩なんかじゃなくてね。自分は高校受験前の思春期に何の罪もない大切な両親を奪われているんだよ？　そこに至らしめた相手は死んでしまったけれど、そんな子供を産んで教育した親が、孤月の家に恐れをなして体裁を繕うために形式上謝罪に来ただけだよ？　聡子さんはとても聡明な人だから、それくらいのことはわかっていたはずなのに、相手も大切な息子を失って辛いだろうなんて、他にどこの中学生が言えるんだろう」

まるで見ていたかのように由岐人は言った。きっと孤月家とはかなり密な関係で、情報は正確に伝わるようになっているのだろう。こと隣家に関しては最優先事項として。

「僕は彼女を守るためには何でもしようと決めた。もともと桐来の異分子だから、僕は結構自由が利くんだよね。ある意味、次男のくせに、桐来家の隠し玉であり、手に負えない爆弾でもあるから」

「爆弾？」

確かに手に負える人間は少なそうな気配はするが、財閥という大きなバックボーンを持ち、広く顔の利く有能な人材ならば、家族が腫れ物のように扱う理由は何だろう。

「そう。歴史ある資産家の家に生まれて、六つ上の兄は期待の星で未来の総理大臣候補とさえ言われている有能な政治家。父が抱えている企業は大小問わず、外資にも出資していて、ジャンルも多岐に渡る。祖父の代辺りから、戦略的思考が入ってきたみたいでね。孤月の家とも、そういう意味でいい関係を築かせてもらってる。そして次男である僕は名もなき学者……の顔をした突然変異」

「血縁ではないのですか?」

「哀しいことに、そして幸いなことに、僕はちゃんと桐来の両親の息子で、兄とも血が繋がっている。正真正銘、桐来家の次男坊だよ。だから、僕が功績を上げれば家や兄の評価が上がる。僕が学者なんていう、投資した分をいつ回収できるかもわからない趣味の研究に打ち込める資金があるのも、家がお金を持っているおかげ。世紀の大発見でもすれば、たちまち回収どころか、何倍もの価値を持って返ってくるだろうしね。お金だけじゃなくて、地位も名誉も国民の関心も羨望の眼差しも肯定的な意見も。だけど、もしも僕がほんのちょっとしたこと、例えばコンビニで百円のおにぎりを万引きするだけでも、家は崩壊の危機に陥る。ある意味、あの家の命運は、僕の行動に懸(かか)っているとも言えるね」

確かに、そうとも言えるだろう。兄が有能な政治家ならば、自らその地位を落とすようなことはあるまい。両親だって自分の家系に誇りを持って維持しているのだろうし、失うには大きすぎる。そして、一度手離せば二度と戻らないものだろう。その盤石な基盤を、ほんの些細なことで木端微塵にできる存在が、桐来由岐人という、次男の存在なのだ。

「私には疑問です」

カイゼは率直に口にした。由岐人が言っていることは誇張でもないし、妄想や病気の類のものでは決してない。それはわかる。だからこそ、わからない。

「どんな疑問？」

由岐人は〈優しいお兄さん〉の顔でメモから顔を上げてカイゼに微笑む。こんなに柔らかな笑みを浮かべる人間に、そこまで血縁者が恐れるのなら。

「あなたが長男であるなら仕方がないと思います。私も王族なので、後継ぎが必要であることは理解できますから。しかし、あなたの家系には既にお兄さまがいらっしゃるのに、何故次男が必要だったのですか？　争いの火種を自ら撒くようなものじゃないですか」

由岐人は幼い姿をしながらも大人びた物言いをする、まったくもって王族らしい振る舞いの小さなお姫様に、もう一度微笑んだ。作り物の笑顔には到底見えない。

「そうだね。普通はそうだよね。長男一人なら、何とかコントロールして家の重要さを説いたり集中して洗脳的な教育をすれば、謀反を起こすような心配はないだろうと思う。僕が産まれた理由は一つだけ。兄が言ったらしいよ。『僕も弟が欲しい』って。周りに兄弟のいる子供が多かったのか、たった一人だけでもすごく羨ましいような兄弟の話をする相手がいたのかは知らないけれどね。後にも先にも、兄が両親に言った唯一のわがままだったみたい。『お兄ちゃんが欲しい』とか言っていれば、それはどうしたって無理な話だから両親も何とかなだめられたんだろうけれど、明確に弟っていう指定をされちゃあねぇ。もちろん、男女の産み分けなんて簡単じゃないから、当然両親は弟じゃなくて妹が生まれるかも知れないっていう話はしたみたいだけど。ペットを欲しがるような感覚だったのかな？　年下のきょうだいの面倒を見て、純粋にお兄ちゃんぶりたいだけだったのかも知れないけど。聞き分けのいい利発な長男が初めてはっきりと口にしたわがままを、両親は少し軽く考えてしまったんだよ。母親の年齢からしても出産が無理なわけじゃなかったし、当時既に五歳になっていた兄だから、兄弟の年齢差はあまり大きくない方がいいと思ったのかも知れない。おかげで僕は祝福されてこの世に産まれたよ。念願の弟だったから、兄は喜んだし、それを見た両親も喜んだ。僕が今この世に存在できているのは、兄のおかげだと思ってる。だから、兄の足を引っ張るようなことはしないし、家柄に傷を付ける気もない。ただ誰も予想だにできなかった僕の欠点は、これまでに桐来の家から出たことのないような学者肌の天才だったってこと。政治力に長けているわけでも、経営手腕があるでもない。けれど、そんなものはどうにでもできるくらいの天才が生まれた。多分想像もしなかった例外だったんじゃないかな」

ふふ、と自嘲的な笑みを漏らし、由岐人はカイゼを見る。「納得した？」と言わんばかりの表情に、何も返せなくなる。

天才から天才が生まれるとは限らないように、凡人から天才が生まれることはあり得る。ただ、心配するほどの大きな確率ではないし、標準的な天才というと妙な言い方にはなるが、親兄弟が何とか、金なり地位なりで抑え込める程度の天才であれば、問題なかったのだろう。しかし、桐来家の次男は、それを遥かに超えていた、ということだ。

「ホントは言っちゃいけないんだけど、どうせついでだからここで吐き出させてもらうよ。墓場まで持って行くにはまだ先が長過ぎるし、聡子さんが存命な限り、僕も死ぬわけにはいかないからね。もちろん、弟くんも放っておけないし」

これ以上何を言い出すのかと、カイゼは心構えを正した。日頃から姿勢はいいので、ピンと背筋を伸ばして話を聞く姿は、模範的な生徒のようだ。いや、見た目はまだ園児か。

「ウチで持ってる会社の商品もいろいろあってね。例えば肉や魚の鮮度を計って、商品に書かれた期限をうっかり過ぎた時に食べても、それが人体に影響はない範囲かどうかがわかるチルドルームのついた冷蔵庫がある。その部分の基本設計をしたのは僕。一応、企業努力の結果でできた親切設計だから、万一の場合があっても責任は負えませんっていう控えめな形で売りにはしてるけどね。不可視光線で細菌をチェックすれば、さすがに命を落とすほどのものは見つかるし、多少期限を過ぎても大丈夫だよねっていう人でも、やっぱり心配なんでしょ。期限切れの牛乳を飲んでもお腹を壊さない人もいれば、買ったばかりのヨーグルト飲料を飲んでもすぐに下す人もいるからね。今は健康ブームだから、結構需要はあるみたい。僕が自発的にしたいような分野じゃないから、もちろん『こんなものを作れるだろうか』って打診してきたのは父。発想力は割とあるんだよね。たまに夢みたいなことを言われて驚くけど。僕はその理想を技術職の人がわかるような形で書き起こした資料を渡すだけ。それだけで、親子関係がうまくいって、あっちは助かるし、こっちもお金には困らないから、貸し借りはないよね」

そもそも親子関係で貸し借りなど発生するものなのだろうか？　カイゼとは違う世界で、違う常識の中で生きているのだから、もちろん考え方も違って当然だとは思う。しかし、もしもそれが彼の世界では当然であるのなら、何故由岐人は今、そんなに哀しそうな目で遠くを見つめるのだろう。言葉は淡々と淀みなく紡がれるのに、感情が乗っていない。だからこそ、そこに真実味が増す。

「まぁ、いろいろ資料は作ったよ。家電に限らず、コンピュータのプログラムだったり、逃走中の犯罪者のプロファイリングだったりね。ちゃんと功績を上げてるから、父から見た僕の価値はまだあるんだろうし、世間から見た桐来財閥はもっと価値が上がってる」

「……すごいじゃないですか」

その気持ちは純粋な思いだ。ただ、声が小さくなってしまったのは、その言葉を由岐人が喜ぶという自信が持てなかったせいだった。

「すごいでしょ？　僕は聡子さんを守らなきゃいけない。いや、守りたいから。これ以上彼女を傷付けるようなことは誰にもさせないし、もしもそんな奴が現れたとしたら、僕は全力で殲滅する。完全に根絶やしにするほどにね。残念ながら腕力には自信はないけれど、頭脳戦や心理戦なら負けないよ。それに、家に迷惑を掛けるわけにもいかないから、後処理もきちんとするつもり。僕にはそれができるから」

たいした自信だ、とは思うが、きっとこれでも控えめに言っている方なのかも知れない。由岐人の才能の発揮は、すべて『聡子さん』という愛する女性のためという建前のもとに存在している。万一彼女に何かあれば、きっと由岐人を止められる者などいないのだろう。そしてそれを本人もしっかりと自覚している。初めてできた、本気で愛せる相手。

血縁者ですら上辺だけの愛情しか持てなかったのに、ピアノコンクールで一目惚れした女性は、きっと由岐人のすべてを受け入れてくれたに違いない。そのたった一つの大切なものを守るためなら、どんな手段を取ることも厭(いと)わないと穏やかな異端者は断言する。

生まれた時から婚約者がいて、自由恋愛もなく、特別な感情を特定の誰かに向けることはないこの世界の者たち。それは煩わしさもなく気楽なものではあるが、楽しみや情熱は確かに味わえない。カイゼはまだ由岐人が羨ましいとまでは思わなかったが、大いに興味は持った。

平穏でなだらかな、不平不満のない世界。平和で豊かではあるが、自分の直系の先祖の気まぐれな王は、そんな不自由のない自由に飽きたと聞いた。今この瞬間、カイゼの中に不意にその気持ちが少し理解できる気持ちが芽生える。やはり自分も異端者の直系子孫なのだろうか。それとも、その先祖の随分後になって現れた異分子なのか。

「ふふ、真面目に聞いてくれてありがとう。王様の耳はロバの耳、って叫んだ床屋の気分だね。あ、このお話は知ってる？」

「おとぎ話だったでしょうか？　詳しくは知りませんが、穴を掘って秘密の話を叫んで埋めてしまうのだとか？」

「そうそう、博識だね。ここなら種を落としても木は生えないだろうし、たとえ生えた木から笛を作っても、もう僕たちの世界にまでは聞こえないだろうから、絶好の場所だよね」

若干、由岐人の表情がすっきりしたように見えるのは、カイゼの希望がそう見せているだけだろうか？　それでも、彼の気持ちが少しでも前向きに晴れたのならいいと思った。これまで出会った交差世界から呼び寄せた〈候補者〉には決していないタイプだったし、きっと自分の世界に戻ったところでしっくりくる居場所などないのかも知れない。その愛する女性がいなければ、どんな世界に行ったところで、由岐人は異分子にしかなれないのだろう。それならば、早くもとの世界に帰るべきだ。

心からそうは思うのだけれど、カイゼにはそうしてやることができない。ほぼ万能であるはずの王族直系子孫の持つ能力を使っても、この世界で三日待ってもらわなければ——タンジェント・ポイントが離れなければ、彼らをもとの世界に帰してやることはできないのだ。そういう世界の理なのだ。

一度呼び寄せてしまった〈プンクト〉は当然ながら、その人物が引き寄せた者も同様の扱いとなる。そこでは思念の力は無力だ。本人がどれだけ戻りたいと願っても、カイゼが心から帰してやりたいと祈っても、誰にも聞き入れられることはない。ただ時間が過ぎるのを待ってもらうしかないのだ。

唯一の救いは、暁月が気付いてしまったように、王座奪還がもとの世界に戻るための条件ではないことだ。挑んで負けようが、何もしないで時間の流れに身を任せていようが、その時さえ来れば戻ることができる。玉座に就いてさえいなければ。

だから少なくとも由岐人は、命を落としでもしない限り、もとの世界に戻ることはできるのだ。愛する女性のもとに帰り、再び幸せな日常を送れるだろう。それは保証できる。

「……お仕事のお邪魔をしてしまったようで、申し訳ありません」

すっかり由岐人の手が止まっていることに気付いて、カイゼは心底詫びる。由岐人は「いやー」と昼間のような状態に戻り、「全然いいよー」とのどかに言った。

「こっちこそ愚痴みたいなノロケに突き合わせちゃってごめんね。他人の愚痴ほどつまらないものはないよねー。大人げない」

「いいえ、お兄さまに興味が湧きましたし、そちらの世界のお話も聞けて、私は楽しかったです」

楽しい、と言ってもいい内容だったかはともかく、話ができてよかったとは本気で思ったので、カイゼは素直に言った。

「うん、きみはやっぱり笑った方がもっと可愛いよ。ツンとお澄まししてるのもいいけど、子供は感情を素直に表現した方がいい。大人になったら、そうもいかないからね。ああ、それはこっちの世界の常識とはまた違うのかもしれないけれど」

「いえ、私などまだまだ子供のうちですので」

「じゃあ、もっと自由にしなよ。少なくとも、僕たちがここにいる間はきみも一緒なんでしょ？　それなら誰に遠慮もいらない」

まだこの世界に来てからわずかしか経っていないのに、予測を立てて現状を把握し、確認する。そこに明らかな能力の高さが伺えた。カイゼは自身の婚約者にはまだ一度も会ったことはないが、聡明な人であればいいな、と思った。やはり、言葉少なでもわかり合える方がいい。多くは求めないが、やはり一緒に過ごすことが苦にならない程度には好意を持てる相手であれば、と感じた。これまで一度もそんなことを考えもしなかったのに。

「それでは、失礼しますね。ちゃんと眠ってくださいよ。身体はもとの世界では寝ているはずの時間なのですし」

「そうだね。もうすぐ終わるから、すぐに寝るよ。おやすみ」

「おやすみなさい」

顔の横でひらひらと手を振る由岐人に軽く会釈して、カイゼはもと来た道を戻る。開けた場所に出る前に、大木にもたれて佇む背の高い影があった。

「……盗み聞きは趣味がよくないのでは？」

「そう思ってるから全然聞いてねぇよ。彩葉を見に来たらお前もいないし、ならクソ兄のとこかと思って見に行ったら声が聞こえたから、そのまま戻ってきただけ。どうせアホみたいなノロケ話を聞かされてたんだろ？　アレは幸いにして幼女は範疇外っつーか、まぁそれが普通なんだけど、姉ちゃん一筋だからな。何も心配してない」

心配したのは、カイゼが無事に彩葉の束縛から抜け出せたかどうかの方らしく、安らかに眠っている彩葉の腕がカイゼを抱いたつもりのままでぽっかりと空いていたので、それはそれで気になっていたらしい。人がいいのか何なのか、本音はよくわからない。

「あいつが目ェ醒ます前には戻っておいた方がいいんじゃねぇか。別に落ち込んだり怒ったりする女じゃねぇけど、鬱陶しさは増すとは思うしな。見てる方が面倒だから」

それだけ言うと、また開けた場所に戻っていく。自分も同じ方向に歩いていただけに、何となく後を追うような形になってしまう。

「何か用があったわけではないのですか？　私なり、お兄さまなりに」

「別にねぇよ。時間がちょっと早送りだっつーから、気になって目が醒めてから、もう眠れそうにないから、散歩でもと思っただけ。けど暗いし知らない場所だし、結局行き場所がなかったのに気付いた。そしたらお前に会ったたってだけ」

カイゼはじっと暁月を見るが、特に不審な点もないし、相手の表情も変わらない。嘘ではないのだろう。要するに、気まぐれで気ままに行動するタイプというだけか。

姉の夫とは当然血縁関係にないのだから、似るわけもないのだが、どこか通じる空気を感じたりもする。ピンポイントで〈ここ〉と指摘できないが、雰囲気というか、周囲に纏っているものというか、そういう曖昧な部分に共通点があるような気がするのだ。

暁月の周囲の空気をカプセルに詰めて飲めば、有効な睡眠薬になりそうな気怠さがある。当然ながら由岐人にはそんなだらけた雰囲気はない。それなのに、別々に会ってもどこかに共通点があるような錯覚に陥る。不思議でならないが、カイゼにはそれ以上何も解析できなかった。

「もしも眠れないのでしたら、少しお話ししませんか？」

「お前と？　今から？」

「ええ。もちろん無理強いはしませんが」

「別に無理じゃないけど。何だ、アホほどノロケ話聞かされて、うんざりしたのかよ」

確かに、二人の話をまったく聞いてはいなかったようだ。暁月は義兄がバカみたいにウキウキと幼女に妻の自慢話やノロケ話を披露して喜んでいるだけだと思っているのだろう。由岐人の名誉を思えばその誤解を解いてやりたい気もしたが、それはきっと本人が望んでいるものではないのだろうと考えを改めた。墓場に持って行くまで耐えられないから、ここで話したのだ。暁月に言える話ならば、とっくにそうしているだろう。

さっきまでカイゼが話していた相手は〈桐来由岐人〉という一人の大人の男であって、暁月の義兄という身分のヘラヘラした変人の学者ではない。ならば、暁月に言う必要もないし、口止めはされていなくても、自分の意志で言わないことに決めた。

「王様の耳はロバの耳、というお話をご存知ですか？」

彩葉が眠っている場所から少し離れて、二人はどちらからともなく草原に座り込む。岩はないので、草の先が触れるが、痛みや痒みを引き起こすようなものではないようだ。

「んー？　何か聞いたことはあるけど。王様の耳にロバの耳が生えてんのに、みんな知らんフリするやつだろ？　あれ？　それって裸の王様になってる？」

どうやら暁月の中では二つの物語が混同しているようで、カイゼは早々にその話題を諦めた。別に何を言うつもりでもなかったが、話の取っ掛かりも作れない。

「……あなたは、何故そんなに能天気でいられるのですか？」

怒ったつもりはないのだが、やや言葉に棘が入ってしまったことは否めない。反省しつつ、しかし撤回もできずにやや居心地の悪い気分になってしまう。しかし暁月は特に気にすることはなかった。

「そうは言われてもなぁ。これが俺だから。あの姉ちゃんに育てられたからな。ド天然の姉にちやほやされて、可愛い可愛いって優しくされてると、癒やされ過ぎてこんなふうに育つんじゃねぇの？」

姉に責任をなすりつけているわけでもなく、両親から受け継いだ血を言い訳にするでもなく。ただ単純に「これが俺だから」と言えてしまうこと自体が不思議でならない。

「あなたは、ご自分が好きですか？」

「えー？　何だよ、クソ兄と話してて脳みそやられたのか？　禅問答はあっちでやってくれよなぁ。自分が好きか嫌いかって言われたら、そりゃ嫌いなわけないだろ」

「！」

　正直、カイゼは真顔で驚いた。あまりにも暁月が自然に答えるからだ。それも、肯定的な方を。

「自分で訊いといて、何でそんな驚くかな。じゃあ逆に訊くけど、お前は自分が嫌いなワケ？」

「……すみません、こちらから訊ねておきながら、私はそもそもそんなことは考えたことがなく」

「じゃあ今考えろよ」

「ひや？」

　さすがに変な声が出た。王族にあるまじき振る舞いに、思わず己を恥じる。しかし、そんな些細なことは暁月にとってはどうでもいいようで、何も突っ込まれることもない。

「そんな深く考えなくても、すぐに答えなんか出るだろ？　だって好きか嫌いかの二択だぞ？　別にそれについての要因を八百字以内で述べよとか、そこに至るまでの経緯を順序立ててわかりやすく説明せよとか、言ってないじゃん」

「はぁ……」

　あまりにも単純明快過ぎて、むしろその方が回答に迷う。二択。「どちらでもない」

という選択肢はないということだ。

「……取り立てて言うなら……嫌いではないとは……」

「何で自分のことなのに、そんな自信なさそうなんだよ。しかも『嫌いではない』って、それは特別好きってわけでもないってことだろ？　答えになってない」

白黒はっきりさせたいタイプなら面倒だなと思ったが、暁月はそういう意味で言っているわけでもなさそうだった。

「自分に自信がないってやつ？　けどそれなら多分『嫌い』って言うんじゃねぇの？　ただ、嫌いって言い切るほどの理由もないし、とは言え好きってほどのこともなぁ、なんてややこしいことを考えるから、そんなふうな答えになんだよ」

何故説教をされているのかわからないが、言われていることはもっともではあるので、自分から話をしようと誘ったこともあり、おとなしく聞いておくことにする。

「昔にやらかした王族の子孫とかさぁ、別の世界の奴と関わる仕事をしなきゃいけないとかさぁ、そりゃお前にもいろいろあるんだろ。世界が違うなら常識も違うんだろうし、争いのない平和な世界を保ってるってだけで、俺でも十分ここの文明は高度なんだろうなって思うよ。だからって、個人単位でまで何も問題がないとか、悩みも愚痴もないなんて思わねぇよ。上にうまくまとめられる奴がいるから平和で高度な文明が成り立ってるだけで、邪（よこしま）な考えを持った奴が反乱を起こせば、争い事なんか簡単に引き起こせる。平和は誰もが願うことだし、それは悪ではないけど、みんなが協力し合って平和を維持してるのと、特に反抗するような気力もないから無駄は省きたいって意識から無抵抗で平和っていうのは、全然意味が違うからな」

何故、自分に無関係な世界の平和や、それが万一損なわれるかも知れないという可能性について、こんなに熱くなれるのだろう。放っておけば三日後には「変な夢だったなぁ」で済むような話なのに、他人やよその世界を気に掛ける。本人は気にも留めていないのかも知れないが、カイゼはこれまで交差世界の人間に心配されたことなど、一度としてない。

「よく人は言う。歌の歌詞になったり、ドラマのセリフに使われたりしてな。『自分さえ愛せないような人間が、どうやって他人を愛せるというのか』だってよ。そんなもん知らねぇわ。むしろどうやったら愛せない自分のままで生き続けられるのか訊きたいくらいだ。だって好きじゃない自分で生きていくなんて、嫌いな奴と長年付き合うより疲れると思わないか？　他人なら距離を置いたり離れたりできるけど、自分が相手なら逃げ場ないじゃん。だからってそんな理由で自殺なんか、俺はもっと嫌だね。それより自分を好きになればいいじゃん。好きな自分になればいいんじゃねぇの？」

「……それは、そう簡単なことでしょうか？」

なるべく控えめに、カイゼは問う。暁月の口調は昼間と変わらずぶっきらぼうだが、どうやらそれが通常運転らしく、別に何かに怒っていたり、苛ついているわけではなさそうだ。今だって、自分が責められているわけではないのだとはわかる。

「なら俺の方がむしろ訊きたい。何でそれが難しいと思えるんだ？」

「え？」

「だって自分のことだろ？　自分の好きなことは知ってるだろうし、機嫌の取り方も知ってるじゃん。何をしてる時が一番楽しいか、誰と一緒にいたら安らげるか。そりゃ、一人でできる趣味じゃなくて、例えばケンカしてる相手と話したいとか、片思いの相手に振り向いて欲しいとかってレベルになったら、相手がいる話だから何でもうまくいくわけじゃないけど。それはいろいろすっ飛ばして願望になってるじゃん。でも、単純に自分が好きな自分になるだけなら、やりたいことやって、行きたいとこ行って、まぁそれでも常識や法律の範囲内でってことにはなるけど、それでも十分楽しく生きられると思うけどな、俺は」

だから能天気に見えるのだ。気怠そうで眠そうな目をしてだらけたオーラをダダ漏れにさせているくせに、どうしてそんなにブレない芯を保てるのか。単純にその場の流れに身を任せて適当に生きてきたようにしか見えないのに、「自分が好き」だと堂々と言える。その根拠と自信はどこから溢れてくるのだろう。水脈か何かのように、自分の中を深く深く掘っていけば、いずれ湧き出てくるのだろうか？

「俺はいろいろ気付いた時はとっくに周りに天才とか金持ちとかが当たり前にいたから、あんまり他の奴みたいに特別には思ってないんだけどさ。お前だって一応昔の王族の直系の子孫で、今でも結構立場も高いって言ってただろ？　でも、お前は直接知らないにせよ、過去に自分の血統から奇妙な王様が出たからさぁ、何か変な劣等感とか持ってないか？」

「そんなことはありません」

即座にカイゼは否定する。間を置いたら、また余計なことを考えてしまいそうな気がしたのだ。

「ふぅん。ならいいけどさ。何かお前、自覚ないだけにも見えるけど。俺は別に変な王様と血の繋がりがあるってくらいで、お前のことまでおかしい奴かも知れないとか、思ってないから」

ふわ……とあくびと伸びを同時にして、暁月は両足をも投げ出す。その履いたスニーカーの裏は、姿勢良く座るカイゼの膝に届きそうで届かない。

「それに仮にお前がその昔の王様みたいに変な奴だったとしても、それはそれで別にいいし。自由を求めるのって、生き物の本能だろ。この世界では今までになかった出来事だったから、変な目で見られたり、なかったことにしたかったりするのかも知れないけどさ。みんなと同じじゃないから変だとか、今までに例がないからダメだとか、そういうのってすげぇマイナス思考な気がして俺は好きじゃない」

「……あなたは、結構好き嫌いがはっきりしているのですね」

「そりゃ、その方が楽だもん。中途半端は一番嫌い。もちろん、何でも白黒付けないと気が済まないような神経質でもないし、他人にまで自分の考えを押し付ける気はないよ。でも、俺に関係あるなら話は別。嫌いな奴と無理に一緒に過ごすとか、時間の無駄だし、我慢することで何かを学べるとかメリットがあるならまだしも、本当にただの時間のロスとかだったら、めちゃくちゃムカつくじゃん。で、それを最後まで気付けなかった自分にも腹が立つし。いいことないだろ」

「ないですね」

「だから俺は自分が好きになれるような生き方をしたいわけ。気分いいことなら喜んでするし、自分が悪いと思ったら変なプライドもないからちゃんと謝る。自分を愛せないと他人を愛せないとかじゃなくて、自分を好きになれない奴が他人に好かれるわけないって思ってるだけ。少なくとも自分が好きな自分の理想があれば、それを目指して頑張るじゃん。そしたら何だかんだでいろいろ面白いことがついてきたりすんだよ。基本的に俺、ラッキーマンだから」

「ものすごい他力本願な気がしますが……」

「他力本願、上等じゃん。だってそもそもいろんな種類の他人に巡り会えてないと使えない技だし。使える他人といっぱい交流を持てるのは、俺の性格とか能力とか、そんなモンのおかげだろ？　一応、自分が好きな自分を築けたからこそ、そんな恵まれた人間関係も持てるんだよ。運も実力のうちって言うからな。本願できる他力を持ってる俺は、すごい実力を持ってるのと同じだ」

……それは違うのでは……とは、さすがに言えなかった。脳裏にその言葉がよぎったのは一瞬だったが、その後じわじわと「そうかも知れない」という気持ちの方がしみ渡ってきたからだ。暁月の醸し出す自己肯定感がとにかく強過ぎる。

先程由岐人に聞いた話では、幼い頃に両親を亡くして、たいそう隣家の世話になったらしいし、本人も親の顔さえ覚えていないと言っていた。しかし、それをまったく不幸な捉え方をしていない。多分暁月に「幼くしてご両親を亡くすなんて、可哀想ですね」などと言おうものなら、結構本気でブチギレられそうな気がした。「俺の幸不幸を勝手に決めんな！」という声すら想像できる。

「あなたはお姉さまが好きなのですよね？」

これ以上暁月の自己肯定感に引っ張られると、無自覚な奥底の自分さえ引き出されそうな恐怖を感じて、カイゼは咄嗟に話題を変えた。強引過ぎる話題転換だったが、こと姉の話となれば、暁月は問答無用で食いつくと予想したからだが、間違いなかった。

「おうよ、大好きだ。あのクソ兄と早く離婚させる方法を考えてるくらいな」

「ええ？　ですが、離婚させるのは、お姉さまが可哀想なのでは？」

「だからだよ。普通に離婚させるくらい、何とかできそうじゃん？　でも、姉ちゃんの心を傷付けないように離婚に持っていくのは、なかなか思い浮かばなくて困る」

「はぁ」

相当こじらせているようだ。姉が好き、だから結婚は認めたくないから離婚させたい、でも傷付く姉は見たくない、ならばどうしようか、その無限ループ。

「お兄さまが浮気をなさったことにするとか？」

「ダメだろそれは。マジだったらまず俺がクソ兄をブチ殺さなきゃなんねぇし、俺が未成年でも殺人犯になったら姉ちゃんも困るし、あの金持ちの家を敵に回すのも面倒だ」

「いえだから、そういうことにするだけですよ。まぁ、嘘をつくような感じですね」

「それもダメ。姉ちゃんに嘘つくとか、絶対あり得ないから。しかも、一応姉ちゃんもあのクソ兄のことが好きで結婚してるわけだから、浮気されたなんて言ったら、めちゃくちゃ傷付けるに決まってる。俺が泣きたい」

まっすぐとか正直とか素直とか、褒めようと思えばいくらでも言葉はある。しかしカイゼは単純に、「本物のシスコンですね」と思った。それはもう、筋金入りの。

そもそも、通常なら子供は両親が育てるだろう。だからと言って、いつまでも親離れができないわけもない。まぁ、マザコンだとか、結構強すぎる傾向にあって問題のある親子関係も実在するらしいが。そんな極端な例はひとまず外す。

しかし、顔も覚えられないままに両親を亡くした後、姉に育てられたからと言って、ここまで血縁者を好きになれるものだろうか？　しかも、いくら姉が一回りも年齢が上だと言えども、当時はまだ中学生。隣家にも大変世話になったと聞いたし、それならそちらの両親に愛着を持つ方がまだ自然な気がする。もしくは、きょうだいのように一緒に育った同い年の彩葉だとか。

重すぎる愛情のベクトルが姉に向かう理由がわからない。

「あなたがお姉さまを思う気持ちは、一体どういうものなのですか？」

「どういう……って、どういう？」

「……」

それ以上説明のしようもなく、カイゼも困って口を閉ざす。暁月は自分なりに噛み砕いて、何とか理解して言葉にしてみた。

「好きは好きだろ。俺は日本人だから、安易に『愛してる』とかいう言葉は使わない。意味もあんまりよくわかんねぇし。けど俺にとっての姉ちゃんは女神だし、天使だし、なんかすげぇんだよ」

暁月の方が圧倒的に語彙力がないが、似たようなことを由岐人も言っていたなと思い出す。「女神のような人だった」とか、そんなふうに。それは単純に美しいとか神々しいとか、そんな感じで受け取ってもいいのだろうか？　それとも、言葉にできないほどの何かが心の中にあって、伝えたくても伝えられないものなのだろうか？

そもそも他人への感情に疎い世界に住むカイゼは、いくら他の誰よりも交差世界の勉強をしているとはいえ、完全に理解できているわけでもない。しかも感情などという、言葉では説明できないものなど、そもそも文献がほとんどない。図解もなければ、当てはめられる公式も存在しない。導く術がない。

「……とにかく大変好きだということは理解しました」

「それならいい」

暁月もあまり小難しい話を続けたくはないようで、満足したように頷いた。

「あなたはずっと眠そうな表情なので、実際はどうなのかがよくわからないのですが、眠いようでしたらまだもう少し眠る時間はありますよ？」

カイゼは首から下げた豪奢な造りの、細かい装飾の施された黄金色に輝くペンダントを掴んだ。縁の部分を押すと、パカリと貝のように分かれる。懐中時計のようだが、そんな古風なものがこんな世界にあるのだろうかと暁月は不思議に思った。自分たちの世界ですら、そんなものを普段から身に着けている者などそうそう見ない。

「あの寝相を見る限り、結構寝付きはいい方でしょう？　必要なら睡眠誘導効果のある野草も少し歩けば手に入りますが」

爆睡している様子を見てから行ったのか、と暁月は気付いた。確かに寝付きはかなりいい方なので、万一由岐人の留守中、姉と二人きりの時に火事や地震などがあっても、自分が眠っていたとすれば起きられそうにないから困るかも、と悩んだこともあるほどだ。ただ、眠りが深い分、目覚めもいいのでまだ実際には困ったことはない。

「時間ってどれくらいあんの？」

「えぇと……あなた方の体感で言えば、まだ二時間程度は」

「十分だな。じゃあもっかい寝るわ。そんじゃ。っつーか、お前も寝ろよ。ガキなんだから」

「それはどうも」

見た目で判断されたのか、照れ隠しなのかはよくわからないが、取り敢えず気に掛けてくれた言葉だということはわかった。別に恩を売るわけでもなく、過剰に干

渉するわけでもない。自分は勝手に向こうで寝るから、お前も好きにしろよ、程度のことだ。

しかし、言っても言わなくてもいいとは思う。だが暁月は敢えて口に出した。特別な意図を感じさせない、思ったことをそのまま言葉にしただけ、というさりげなさで。

「……だから二人も引き寄せられるのでしょうか……」

草を分け入っていく暁月の背中を見送りながら、知らぬ間にカイゼは呟いていた。

3

「おっはっよー！」

随分前からしっかり覚醒していたものの、どこか申し訳なさを感じて、カイゼは待っていた。自分のスペース分を空けたままで眠っていた彩葉の腕の中に、自ら収まってからしばらく眠ったが、やはり元来あまり睡眠をとらなくても大丈夫な体質なので、早々に目が醒めてしまう。

交差世界の者たちとは時間の流れの感じ方が若干異なるので、彼らが十分に眠ったと感じられるまで放っておくということは、自分自身は大変暇を持て余すということなのだ。だからずっと、彩葉が起きるのを待っていた。そして、やっと目醒めてくれた。

「おはようございます」

ハキハキと返すと「元気いいねー」と頭を撫でられた。既に長らく抱きくるめられた状態でいたので、自分の体温と彩葉の体温の差がわからない。暑いと感じれば、自分の体温を下げることすら〈思念〉によって可能なのだが、そうする必要があるほどには不快ではなかったので、カイゼは何もしなかった。

王族直系子孫の万能の特権の一つとして、思念を使って何かをしたり、無から有を生み出そうとも、ゲルトを消費しないということがある。わかりやすく例えるなら〈お金持ち〉という概念に近い。際限なくお金を持っているから、湯水のように使えるのと同様で、王族の血統はゲルトを消費しないで思念を自由に使える。そもそも、ゲルト自体を持っていないのだ。あったところで使い道がないのだから。

「暁月と由岐人さんは？　まだ寝てるのかな？」

「いえ、お二人はもうあちらで」

窮屈な姿勢でカイゼが示した先には、珍しく義兄弟が隣り合って座っていた。一番親しい仲である彩葉ですら、ほとんど見掛けない光景だ。何をしているのかは見えない。

「ありゃ。私は放置ですか。もう朝ご飯食べちゃった？」

「はい、暁月さんはまた奇妙なものを食べることになっていましたが」

「奇妙？」

「ええ。『朝メシっつったら和食だろ！』などと言って、白米とお味噌汁が出てきたのはよかったのですが、『刺身が欲しい』とまた曖昧なことをおっしゃって。こちらでは生で食すものはほとんどなく、ご希望に沿うようなお刺身にできるのはせいぜいアパカールという魚に近い両生類になるのですが、それがまた臭いと言われて」

「あー、あいつなかなか学習しないからなぁ。本人はしてるつもりらしいけど、傍（そば）で見てるとやっぱり全然よね」

「そうですね。当然こちらでは貴重な高級食材になりますので、減ったゲルトを確認して泣きながら食べていらっしゃいました」

「やっぱり食べたんだ。まぁあいつ、そういうとこ律儀だからねぇ。面白いよね」

　ふふ、と彩葉がおかしそうに笑った。とても親しみを含んだ笑みだったので、やはり長く一緒に暮らしていると、きょうだいのように思えるのだろうか。こちらでも、それ以上の特別な感情を持っているようには見えない。

「お食事になさいますか？」

「うん。カイゼちゃんは？　何か食べた？」

「いえ、私も一緒に眠っていましたから……」

「ああそっか。ごめんね。じゃ、一緒に食べよう」

抱き込んでいた腕からようやく解放され、二人は昨夜の場所に向き合って座る。

朝はパンでいいと言う彩葉は、無難にトーストを出して食べた。ゲルトは一桁しか減っていないので、満足そうにニヤける。本当に数字を眺めるのが好きらしい。

「ところであの二人、何やってるの？」

「暁月さんが何をしても口の中が臭くて、それが呼吸をするたびに鼻の中で増幅されて吐きそう、と言われたので、お兄さまがあれこれ臭み消しを提案してくださったのですが、ゲルトの消費の基準がわからないのでいろいろと出すのは怖いと。ですから私がアパカールに効く消臭効果のある野草を教えて差し上げました。それを探しているのだと思いますよ」

「あっはは、結局草頼みになるのね。由岐人さん優しいなぁ。まぁ、こんな機会でもないと、なかなか暁月と話もできないみたいだからね」

「不仲なのですか？」

トーストを齧る彩葉に、缶詰のようなものからゼリー状のものを掬って食べているカイゼが訊く。彩葉は咀嚼しながら首を横に振り、飲み込んでから言った。

「不仲ではないかな。ただ暁月がアホほどシスコンだから、由岐人さんのことがどうしても認められない意地みたいなのがある感じなんだろうね。で、由岐人さんは暁月のことがすごく好きだから、いっつもついて回って軽くあしらわれてる。でもめげないの。だから、きっと仲はいいんだよ」

「はぁ……」

よくわからない、という表情でカイゼは一応頷いておく。やはり彼らの感情は難しい。

これまでにも交差世界の者との関わりは何度も持ったが、他者を引き寄せたのはカイゼの知る中では暁月しかいない。だから、交差世界の者同士の交流を見たのも初めてだし、心の内を聞かせられたのも初めてだった。そもそも、自分が普段とはまったく異なる状況下に置かれていて、そしてそれをきちんと現実として受け入れて理解してもなお、いつも通りでいられること自体が謎でしかない。

それこそ、〈選ばれた救世主〉気取りで王座奪還を急ぐ者や、ゲームの中の勇者気分でこちら側の世界の者に話を聞いてみたいという者、カイゼの言葉に耳を貸さない者もいれば、勝手に先走って森の中で迷ったまま、カイゼと二度と接触しなかった者もいる。きっともとの世界に戻っているのだろうが、それを確認する術はない。

「暁月もね、由岐人さんのことはちゃんと認めてるんだよ。だって大好きな聡子さんが選んだ人なんだし、さすがにそこは文句言えないから。その分、由岐人さんが少しでも聡子さんを哀しませるようなことをしたら許さないっていう気持ちもあって、でももちろんそんなことはしてくれるなよっていう望みもある。一緒に住んでるし、朝も夜も三人で一緒に食卓を囲む決まりを作ったのは聡子さんだしね。二人とも、結局聡子さんには絶対頭が上がらないし」

あはは、と思い出したように彩葉は笑う。聡子という女性のことは知らないし、そもそも家族で食卓を囲むという習慣もないため、カイゼにはいろいろと想像がつかなかった。ただ少し、楽しそうだな、と思ってしまう。彩葉が嬉しそうに話すせいだろうか。

「あなたの家系も、お兄さまの家系と繋がりがあるのだとか？」

「うん、そうね。由岐人さんから何か聞いた？　うちは父が大学時代に起業して、何だかドカンと当てちゃったみたいでね。それを桐来のお父さまが気に留めてくださって、いろいろと援助とか紹介とか、してくれるようになったみたい。私が物心ついた時はもう、由岐人さんがうちの担当みたいになってたから、まさか聡子さんと結婚するって聞いた時はびっくりしたけど。私からしてもずっとお兄ちゃんみたいな存在だったし、お父さまもお兄さまも結構お堅い感じで子供の頃は怖いなって思ってたから、由岐人さんには人一倍なついてたよ。今思うと、由岐人さんは本当に全然お父さまにもお兄さまにも性格とか雰囲気が似てなくて、緩くてフワフワした感じだから、親しみやすかったのよね。子供に財閥って言われたって、すごくお金持ちなんだなー、くらいにしか思わないし、ある意味うちもよその家庭よりはよっぽどお金持ちだったわけだから、後ろに桐来財閥がついてるなんて、実はものすごいことなんだって気付いたのは結構最近だったりするんだ。はは、平和ボケしてるんだよね、私も」

つまりは彩葉もいい家柄の生まれで何不自由なく育ち、それなりに幸せなのだろう。あっさりとした性格は見たままだし、せっかくの容姿端麗が台なしになるほど異様に幼女に執着している部分もあるが、根は悪い人間ではないことはわかる。聡明そうだし、黙ってじっとしていれば儚そうな美人なのに、話せば豪快で行動的で悪乗りも好きそうだ。そのギャップも、慣れれば面白いとさえ感じるようになってきた。

「では、あなたは現在の環境に特に不満はないのですか？」

大まかな返答を予想しつつ、カイゼは訊く。

「不満はあるよ」

即座に返ってきた想定外の回答に、少し表情が変わってしまった。彩葉本人はごく普通に言ったのに、聞いたカイゼが呆気にとられる。

「何か不足でも？」

「うーん、不足というよりは蛇足かな。私、この年でもう婚約者がいるんだよね。しかもオッサン。絶対うちの資産目当てに決まってるでしょ？　だからずっと断ってるんだけど、父の事業のうちの一つのお得意様の紹介だったりして、断り難いみたいなんだよね。一応自分の意志は曲げたくないから、絶対ヤだ、とは言ってあるんだけど。父も当然、嫌がってるわよ。自分の築き上げた資産が目当てのオッサンに、自分の可愛い一人娘をやりたくはないだろうし。今はまだ高校生だからってことで、先延ばしにしてる感じかなぁ。どうなるんだろ、私。父に迷惑を掛けたくはないけど、だからって自分の人生を棒に振るのは嫌だし、いい方法がないか考えてはいるんだけど、なかなかねぇ」

少し、カイゼは共感を持った。自分にも婚約者がいるが、生まれた時、というよりもっと以前から、「娘が生まれた時は」というような前提で婚約者が決まっているのだ。そういうものだと思っていたのでこれまで何も疑問に思ったこともなければ、まだ会ったことさえないので相手に対しての好き嫌いの感情もない。ただ、明確に目的が資産だとわかったならば、当然いい気分なわけがないだろうとは思う。好きになったのは結婚相手自身ではなく、その家が持つ価値でしかないのだから。

「では、暁月さんと結婚されればいいのでは？」

「それねぇ、私も考えたんだけど。家も隣だし、あいつもシスコンだから他の女の子に興味ないし、適任と言えば適任なのね。籍だけ入れて、あとは普通に隣同士の自分の家で今まで通りに過ごせば楽でしょ？　ただ唯一の問題が、私は一人娘で一人っ子なの。だから、暁月が婿養子になるかどうかはともかく、どうしても子供を産まなきゃいけない。つまり、暁月と子供を作るための行為をしなければならないということになるのよ。さすがにそれは無理。お金もらっても、何をもらっても無理。嫌いとかじゃないんだけど、むしろ自然にずっと一緒にい過ぎてお互いを知り過ぎてて、今の関係が心地いいから、そういう気分にはなれないのよね」

「なるほど……」

わからない話ではない。ほとんどきょうだいのような気分でこれまで一緒に過ごしてきた相手と、突然子作りをしろと言われてもそれは戸惑うだろう。人類の繁殖はそれなりに面倒な手順が必要なので、植物や一部の魚類のように、種をばら撒いて風や潮の流れに任せておけば、どこか知らないところで生まれ育っているだろう、などという無責任なことでは繁栄しないのだ。だからこそ、相手を愛せなければ、それは苦しみでしかない。

「ま、今は高校生活をエンジョイするのが先よね。将来を不安に思うことで、大切な今という時間を無駄に浪費したくないもの。お金はあっても、それで買えないものなんか、実は世の中にはたっくさんあるんだよね。よく嫌味っぽく『お金持ちは苦労知らずでいいよね』みたいなことを言われたりもするけど。お金さえあれば何でも思い通りになるって考えてる人の方が憐れだわ。お金がないという事実そのものよりも、ずっとね」

「それは心が貧しいということなのでしょうね」

「ああー、そうそれ！　カイゼちゃん、偉い！　さすが王家のお嬢様ね」

自らスイッチを入れてしまったらしく、カイゼは言い終わると同時にガバリと抱きくるめられる。予期せぬ抱擁ではあったが、最初は不慣れな他者とのふれあいに動揺したものの、慣れるとそう不快ではなかった。相手が同性ということや、抱き方がうまいということもあるのかも知れないが、何よりカイゼの感情がそれを拒まない。拒絶する理由がないなら、それはそれでいいと思った。スイッチが入るきっかけがいまだにわからないので、さすがに毎度驚きはするが。

「おー、朝っぱらから、っつーか昼の方が近そうな気もするけど、幼女成分摂取中か？」

「そうよ。充電充電♪これでしばらくシャキシャキ動ける」

「お前はいつでも雑じゃねぇかよ。それ以上元気出さなくていい」

「失礼な。脳をフル回転させると糖分が必要になるのと同じよ。私が動くためには幼女成分が必要不可欠なの」

「今までどうやって生きてきたんだ」

暁月と由岐人が戻ってきて、挨拶もなくごく普通に会話が展開する。それともこれが挨拶代わりなのだろうか。相変わらずの二人のやりとりを、一歩下がったところで由岐人はニコニコしながら眺めている。彼にとっては二人とも年下のきょうだいのようなものなのだろうし、きっと日常的にこのようなやりとりをしているのかも知れない。

世界的な平和よりも、個人レベルの幸福を優先したいように思えた昨夜の暁月。それはつまり、こういう何でもない日常を大切にしたいだけなのかも知れない。王座奪還などに興味を示さないのも、無欲で今持っているものを大切にするだけで十分だと言うのも、少しわかる気がした。

住む世界が違うから、価値観も違うのは当然だと思っていたが、それでもこれまでに接した〈候補者〉たちとは明らかに傾向が違う。そして、これまでも占いによって〈候補者〉は選出されてきたが、それは複数名示された中から人為的に選んだ者だ。しかし、今回カイゼが自ら占った時は、何をどのような方法で何度占っても、暁月の存在しか示されなかった。敢えて精度を下げても、結果は変わらなかった。

今回の交差では、よほど適任者がいないのかと考えたが、実は逆なのかも知れない。むしろ暁月でなければならない理由があるのではないだろうか。その証拠に、彼は既に二人も引き寄せている。しかも、本人の話を聞く限りではその二人も異質だ。現王は、これまでと同じ傾向の者では玉座から下ろせないということだろうか。

そして、彼らならそれが可能かも知れない、と。

「っていうかあんた、また変なもの食べたんだって？」

「あー、あれな。両生類の刺身とかマジあり得ねぇ。普通想像できないだろ？　刺身っつったらマグロとか鯛が出ると思うじゃねぇか。せめてイカくらいはあると思うだろ」

「だからあんたが世界の常識じゃないんだってば。想像力がないと、この先苦労するわよ」

「大丈夫。俺はラッキーマンだから」

「相変わらず他力本願で生き抜こうとする姿勢を貫くのは立派ね」

「おう、よろしくな」

「巻き込まないでよ」

暁月は舌を出してその場にしゃがむ。自然な流れで由岐人も隣に座った。

「それで？　今日はどうすんだよ。彩葉、取り敢えず幼女を解放しろ」

「あ、ごめーん」

ガッチリとホールドしていたカイゼを一旦手放してから、今度は座った自分の膝の上に乗せる。さすがにそのような扱いを受けたことはないのだろう、カイゼはぎょっとした。

「あ、あの、重いですよ？」

「そんなことないよー。幼女は妖精だから、体重なんかないいんだよ。気にせずここにいたまえ」

　問答無用でシートベルトのように両手をカイゼの腰に巻く。由岐人は苦笑しているが、本人が抵抗しないなら余計な口出しをするつもりはないようだ。カイゼはやや遠慮気味ではあるが、不思議なことに座り心地がいいことに気付き、草の上に座るよりは温かくていいかも知れないと、そのままおとなしくなった。

「猫でも三十分くらい膝に乗せてると足が痺れてくるのに、お前の変態さ加減は尊敬できるレベルだな」

「いくらでも尊敬していいわよ」

「言葉の裏を読め」

「無理。私、素直で正直なのが売りだから」

「そのまま売れ残れ」

「売り切れ御免！」

　カイゼはどこで口を挟もうかと考えていたが、さすがに由岐人が割って入ってくれた。よく見ている。

「まぁまぁ、話を進めるって話でしょ」

「あ、そうね」

「おう。だから今日はどうすんの？　もうお城とかまで突撃って感じなワケ？」

王様と言えばお城にいるもの、というのは一般的な認識だろう。が、森の中にいるせいもあり、周囲はあまりよく見えない。お城があればさぞかし立派なのだろうし、てっぺんの風見鶏なんかが見えたりはしないかと、貧相な想像力で暁月は周囲を見渡したが、それらしいものを見つけられなかった。

「まさかここから更なる遥かな旅路……とかっていうのは俺、絶対嫌だからな。長距離移動だったら、俺以外の奴のゲルト使って、車的な簡単な移動手段出してくれ」

物の価値の基準がわからず、何度も失敗している暁月は、何かを生み出すことに慎重になっているようだった。根拠と実績がある以上、まだ学習していると言える。

「その点はご安心ください。現王の居場所はそう遠くはないのです。何故なら、この森の中にありますから」

「え？　マジで？　森の中の豪邸みたいなお城？」

王様の住まいイコール豪華という感覚が拭えないのか、同じ森にいながらもその場所もわからず、それらしい目印もないことに驚いた。

「王制がなくなってから、元の城は私たち王族直系子孫の住居になっています。以降の玉座に着く者はみなさん交差世界から呼び寄せた方ですので、森の外には出られないのです。街の中に入れないとも言えますが」

「えー、そうなの？　せっかくだから街の様子とか、いろいろ探検したかったなー」

あからさまに由岐人はがっかりした。滞在期間は三日あるのだし、一日くらい観光気分で珍しい未知の世界を見たかったのだろう。学者ゆえに知的好奇心旺盛だし、単純に珍しいものや不思議なものが好きで、それを解明したいという欲が強いのだ。期待していた分、落胆も大きい。

「申し訳ありません。世界の理ですので……」

「そりゃまぁ、退屈もするわけだな」

暁月はようやく納得したようだった。ゲーム三昧というから、どれだけ暇人なのかと思えば、暇を持て余しすぎて退屈でどうしようもないのだろう。同情の余地がないわけでもない。ある日突然呼び寄せられて、何かしらの勝負に勝ってしまい、王座に就くハメになった王様。交代したいからとわざわざ呼んだ者にさえ、負けず嫌いのせいで勝負に勝ってしまう理不尽な子供のようで、心底不器用なのだろうと感じる。

「それじゃ、結構近くにいんの？　俺たち」

「まぁ、近いと言えば近いですね。道などあってないようなものですから」

「？」

カイゼの言葉の意味がわからず、暁月は疑問顔で見つめ返す。それを受けて、彩葉が代わりに言った。

「要するに、行こうと思えば瞬間移動みたいに行けるし、あんたみたいに、わーうぜー、とか思ってると辿り着けないって話じゃない？」

ね、とカイゼを見下ろして確認する。さすがは聡明な少女だ。そして見事な適応力。世界観の違いなど、まったく問題ないような振る舞いをする。

「――そういうことです。もちろん、あなた方は現王の居場所もお姿も知らないわけですから、私がお連れしますけれど」

「それって逃げられないやつ？」

「そうですね」

わかってはいたものの、はっきりと断言されて暁月はしおしおと無気力になっていく。それでもカイゼがいる限り、強制的に連行されるのだろうが。

「よかったら、もう行かれますか？　私はいつでも構いませんが」

「いや、何つーか、もうちょっとこう、戦略的なやつとかいらないの？」

「あ、それは大丈夫！　私、昨日由岐人さんとちょっと意思疎通したから」

「ねー」

そう言えばそうだったな、と暁月は思い出す。無為に時間を潰すだけでいいのに、わざわざ出向くハメになったのは、そもそもこの二人のせいだ。いくら自分を中心として集まったとは言え、最初に自分が呼び寄せられたのは不本意な上に不可抗力である。暁月としては、とんだとばっちりでしかない。

「どんな案だよ」

とんでもない方法なのだろうと予想しながらも、一応聞かないよりはマシだと考える。

「うーん、とにかく頑張る！」

学者の意見とは思えない抽象的過ぎる〈戦略〉に、暁月は前につんのめりそうになる。

マジか、マジで言ってるのか、このクソ兄は!?――心の中で叫んだ。

「努力なくして結果なし、だよー。それが成功でも失敗でも、ね」

「結局はなるようにしかならないってことかよ」

「違うよー。やればできる、ってこと」

ニコニコと笑顔で無謀な案を通そうとする義兄を見ると、反論する気も失せる。

何故なら、目の前にいるその張本人は、これまで本当にさまざまなことを成し遂げてきたことを知っているからだ。直接的にも、間接的にも、自分の力で。家や金の力ではなく、自分の能力を生かして工夫して利用して、成功させている。

そうでなければ、今でも暁月は姉の結婚に反対したままだっただろう。認めていないよその家の男と、同じ食卓を囲めるような神経は持ち合わせていない。姉が選んだ相手だからと言って、無条件に認めたわけでもない。むしろさんざん粗探しをして、それでも粗が見つからないような相手だったせいで、根負けしたのだ。経歴が立派過ぎたというのではなく、むしろ想像していたよりずっと清潔過ぎて。

由岐人から家の名前や資産を奪っても、きっと生き残るだろう。それほど、彼は家に依存していないし、むしろうまく利用していることを暁月は知っている。詳細まではともかく、次男のくせに名誉職の父親や政治家の兄をもコントロールするのだから、何かしらあるはずだ。日頃はただボサッと過ごしているようにしか見えない暁月でも、姉のこととなると人格が変わったように行動的になる。だから、実は由岐人のこともそれなりには知っているつもりだった。信頼している、とは言いたくないけれど。

「やればできる？　マジでできる？　保証してくれたら行ってもいい」

「うーん、何となくだけど、話をまとめると王様を玉座から下ろせばいいんでしょ？別に殺すとかそんな怖い話じゃないよね？」

「もちろんです」

「うん、だったらいいんじゃない？　話し合い可能、殴り合い不要、万一の時は文武両道のアヤちゃんがボディーガードになるし、頭脳戦なら僕の出番。弟くんは、精一杯応援してくれたらオッケー。ね？　楽でしょ？」

……何か裏がありそうな嫌な予感しかしないが、代替案を持たない以上、暁月に反論の余地はなかった。

「ほっらー、完璧な作戦でしょ？　私と由岐人さんがいれば、暁月はボサッと立ってるだけでいいんだからさ。楽なお仕事じゃない」

何か示し合わせているのだろうとは感じたが、少なくとも自分を陥れるような二人ではないと思う。さすがにそこまで「楽なお仕事」だけで済むとは思ってはいないが、確かに万一乱闘になるような場合があったとしても彩葉がいれば無敵だろう。

資産家の一人娘ということで、万一の場合を考えてか、幼い頃から格闘技を習わせられていたし、その吸収能力はすごかった。一時期は一緒に道場に通ったこともあったが、一週間で音を上げた暁月と違って、彩葉は「超楽しい！」と言って自分より大柄な大人の男性をなぎ倒し、いくつかの格闘技であっという間に高段位を習得している。師範レベルなので、成人すれば道場を開くことも許可されていると聞いた。暁月からすれば、無敵で無料の有能なボディガードだ。

「……まぁいい。俺に危害が加えられないなら。一緒に行っても、本当に近くで見てるだけだからな。何も期待するなよ」

「あんたに期待するほどバカじゃないわよ」

「俺には期待しなくていいけど、俺のラッキー体質には期待できると思うぞ」

「それは考慮に入れておくわ」

彩葉と由岐人は顔を見合わせて意味ありげに笑い、「じゃ、善は急げっていうことで」とカイゼを促した。

「本当にいいのですね？　道中も何もなく、瞬間で気付いたら現王の前ですからね。一応、失礼のないようにお願いします」

「おっけー」

「大丈夫だよー」

「……嫌な予感しかしねぇ……」

テンションの違う四人で輪になり、カイゼの導きから離れないように手を繋いでおくことにする。暁月はむしろ一人で手を離してこの場に取り残されたかったが、右手を彩葉が、左手を由岐人が握っているせいで、完全に逃げ場もない。示し合わせやがって、と思いつつ、自分の性格を見抜かれているのは事実なので仕方がない。

「では、行きますよ。本当に一瞬ですからね」

「うっ……」

「……そーお？」

「――おいコラ幼女マジてめぇ何しやがる説明しろボケ」

三者三様に驚きを口にする。目の前、本当に手を伸ばせば触(さわ)れるような距離に、現王とやらがいたが、理由はそれではない。しかも暁月は結構真面目にキレている。

「……何だ？」

相手も突然目の前に現れた三人プラス王族の幼女に驚き、見たこともないポータブルゲーム機から少し視線を上げて不機嫌そうに呟いた。

「ちょっと待って、想定の範囲外の非常事態発生！　もっかい戻って練り直す！」

「そーゆーわけで、カイゼちゃん、即座にリターンよろしくー」

「は、はいっ！」

彩葉と由岐人の勢いに飲まれ、カイゼも慌てて両手を差し出す。

「暁月、早く！」

彩葉に手を掴まれた途端、四人は再び消えた。

「……おい、ちょっと」

「何でしょうか」

傍らには、見た目は成人らしき女性が影のように控えめに立っている。まるで有能な秘書のような佇まい。濃いラベンダー色の長い髪をまとめて、左側から前に垂らしている。

「今の何だよ」

「今回の〈候補者〉でしょう。お伝えしたと思いますが」

「聞いたけど。何で三人もいるんだ？」

「さて、それはわたくしには現状わかりかねます」

「あっそ」

またポータブルゲーム機に視線を落としたが、手を動かすことなくそのままそれを放り投げた。

「……つまんねーの……」

「なーんーなーんーだー！　あ、れ、はっ⁉」

今にもカイゼに食いつきそうな暁月を、彩葉と由岐人が頑張って腕を引っ張ったり肩を押さえたりして、ようやく何とか持ちこたえていると言えるほどに、暁月は激昂していた。姉が絡まない案件でここまで怒ることはほとんどないため、さすがの二人も言葉で止めようがない。「まぁまぁ、落ち着いて」くらいが精一杯だし、そんな声はそもそも暁月の耳には届かない。

カイゼもさすがに驚き、そしてそれは明らかに自分の説明不足が原因だと理解していたので、申し訳なさそうに縮こまって頭を垂れている。

「説明しろ、まずはすべて全部丸ごと何もかも話せ」

肩で息をしながら、ようやく暁月は落ち着きを取り戻し始めてはいたが、怒りの頂点は越えたものの、何も解決していない以上消えはしない。とにかく現状を把握させるのが最優先だと、その場の誰もが思った。

もとの森に再び瞬時に舞い戻ったが、そこが本当にさっきまでいた場所と同じなのかどうかはわからない。森の中などどこも似たようなものだし、確かに開けた場所の片側には背の高い草が生い茂り、反対側はいくつかの岩がある。しかしもそもそも知らない場所の上、特に危険はないと言われていたこともあって、注視して記憶するようなこともなかったのだ。ただもう、そんなことも別にどうでもいい。とにかくまずは、今起こった出来事を整理しなければ。

「――申し訳ございません」

「謝れとは言ってない！　取り敢えず、今のは誰だ？　あれが王様ってやつか？」

「そうです。現王です」

「あの、どう見ても中学生程度にしか見えないようなクソガキが、無敗の王様ってか!?」

まるで幼い妹を怒りのあまりに酷い扱いで虐待する兄のようにも見えて、さすがに可哀想になる。どちらの身に立っても。だから由岐人が口を挟んだ。

「まぁ、最初に最低限の情報さえ訊かなかったのは僕たちなんだし、カイゼちゃんに当たっても仕方ないから、ね？　弟くん、ここはまず落ち着こう。はい、深呼吸ー」

「ええと、その通りです」

責任の矛先を敢えて自分に向け、暁月がカイゼを虐めているような絵面を変えようと試みる。一応は成功したものの、暁月の怒りそのものが収まるわけではない。

「うるせぇクソ兄！　だいたいてめぇがいながら何でそこまで先を読まないんだよ！　やればできるとか言ってたよなぁ？　ところが実際王様を見てみたら、何だあのクソガキはよ?!　アレにこれまで何人も負けてきた？　はぁ？　ワケわかんねぇ」

ただ唯一暁月の中で解消された違和感は、〈王様がゲーマー〉という事実だ。年老いて真っ白く長いヒゲを生やしたような男が、〈ゲーマー〉という若者言葉を自分で言っていたというから、引っ掛かってはいた。が、〈ゲーマー〉の解釈を変えれば解決する話だったので、まさか〈王様〉の概念を覆す方が正解だったというのは盲点だった。

　暁月だけでなく、彩葉も由岐人も、さすがに王制ではない国で育った平和な人種であるせいか、その固定観念を拭い去れなかったようだ。この世界で、形式上とは言え王という立場にあって玉座に縛られていたのは、まだ明らかに自分より年下の少年だった。退屈でゲームばかりしているというのも理解できる。勝負になると意地になって、つい勝ってしまうような理不尽な未熟さも理解できる。

　ただ、何故そんな重要な情報を言わなかったのか。暁月がカイゼに怒りを向けているのは、その一点だった。

「そもそも！　こっちから訊かなくても、必要最低限の情報を与えてから始めるのがゲームだろ？　最初にチュートリアルとかあるだろ？　そこで『スキップしますか？』って選択肢が出て初めて、こっちのターンなわけ。いきなりラスボスの目の前に投入とか、アホ過ぎるだろうが」

「……おっしゃる通りです……」

　結構真面目にカイゼも堪えているようだったので、暁月の怒りは理解できるものの、さすがに幼女にそこまで目くじらを立てるものでもないと思うし、そもそもは問答無用で幼女の味方なので、彩葉もカイゼの前に守るように立ち、暁月を宥めた。

「取り敢えずさ、もっかい対策練ろう。ごめん、ちょっと詰めが甘かった。カイゼちゃんだけを責めるのは、お門違いだよ暁月」

「……っ！」

反論できなかったのか、暁月は悔しそうに彩葉を睨んだが、そのまま目を逸らしてその場に座り込んだ。自然と他の三人も同じようにして輪になる。

「じゃあ、もう少し深い説明をしてもらってもいいかな？」

優しく由岐人が促してくれたので、カイゼは黙って頷いた。暁月を見るが、目を合わせてはくれない。ひとまず、話さなければ進まないようだ。

「ええと、対応が遅くなってしまって申し訳ありません。一点だけ言い訳をさせていただくと、これまでこちらの世界に来た方で、まともに話を聞いてくださった方がいなかったもので、私も訊かれないものを話す必要はないかと考えたもので」

「他の奴らと一緒にすんな」

「もっともです。失礼をお詫びします」

今にも上半身を伏して額を草に押し付けそうなカイゼが視界の端に映ったので、さすがに暁月は慌てて「そこまでしなくていいから」と止めた。

「取り敢えず、続けて」

「はい。現王はこちらの時間の流れでいうところの三年ほど前に来られた方で、当時の王はそこまで玉座を離れたがっていたわけではないのですが、こちらの住人には王族のみしか会えないことだけが面白くないとのことで、取り敢えず誰か呼べないかと言われたので、タンジェント・ポイントが近付いていたこともあり、〈候補者〉を選定したのです。そこで現王が来られて、ゲーム感覚で当時の王に会うだけ会ってみるということで行かれたのですが、何やら年齢や容姿のことで舐められたことが気に入らなかったらしく、得意のゲームで挑んだのです。当時の王はさほどゲーム好きでも、得意というわけでもなかったようですが、相手がかなり年齢の離れた子供だと簡単に考えていたのでしょう。呆気なく負けてしまい、現王も負けず嫌いな気質なようで、すぐさま玉座にお座りになって。以降、特に目ぼしい娯楽や趣味を持たない様子で、ゲームを作ってはクリアして飽きてしまい、早く誰かに変わって欲しいと言うので交差の度に何度も〈候補者〉を探し出しては王座奪還の依頼をしているのですが、いまだに誰も勝てないのです」

話の途中で呆れ始めたのか、暁月はすっかり仰向けに倒れているし、彩葉は仕方ないないという顔で苦笑いしていて、由岐人だけが「なんだー、思春期の可愛いわがままだね」などと奇妙な理解を示していた。そう言えば少し、その辺りの未熟な年齢の少年が好きだという性癖を聞いたような気がする。昨夜真面目な話をしたので、半分は冗談だろうと思っているが、今見ると案外嬉しそうに目を輝かせているので、どこまで本気なのか心配にもなってきた。

「あー、つまんねーことに巻き込まれたっ！　アレは絶対俺を敵視するタイプだ」

「あの一瞬でわかったのですか？」

「わかるだろ。自分が好かれてるか嫌われてるかくらい、あんだけダダ漏れにされたら嫌でも感じるわ」

　カイゼは気付かなかった。彩葉と由岐人の慌てぶりに驚いていたこともあったし、現王とは何度か会ってはいるものの、直接関わる立場でもない。今話したことも、情報として知っているだけであり、自分が見たことでも直接聞いたことでもない。

「何ならもう二度と会いたくないレベルだし、向こうもそう思ってるんじゃないか？　何かやって負けるとかいうのもムカつくし、もうあいつなんか置いて帰ろうぜ。あと一日ちょっととか？　そんくらいボーっと過ごしてれば、勝手に戻れるわけだし。わざわざ俺たちが苦労してあんな奴のわがままを聞いてやる義理はない」

　もう完全に八つ当たりだし、一方的に嫌っているだけかも知れないし、そもそも初めから乗り気ではなかった暁月だ。動きたくないという意志だけは伝わってはくるものの、説得力はあまりない。

「んー、でも淋しそうだったし、ちょっとくらい付き合ってあげてもいいと思うよー」

「お前はただクソガキとしゃべってみたいだけだろうが！　男子中高生限定の変態が、面白いサンプル見つけて喜んでるだけなのは隠せてないぞ」

「だって隠す気なんてないもーん」

「少しは隠せ！　そのうち犯罪者になる！」

「眺めて喜ぶだけなら犯罪にはなりませーん」

「幼児みたいな言い訳をするな！」

暁月はまだ苛立ちが消えないようで、カイゼとしてはどうしたものかと困ってしまう。

確かに彼らを見た時、これまでの〈候補者〉とは違うものを感じた。もしかしたら、という期待さえ抱いた。なのに何故その時、自分はこれまでと対応を変えなかったのか。他の者と並べられるのを嫌った暁月の言うことは、間違ってはいない。相手の質が変わったのに気付いたなら、その時の自分の対応も変えて然るべきだったのだ。

「……本当に、申し訳ありません。考えてみれば、すべて私の失態です。過去のデータにとらわれ過ぎていたのかも知れません」

「仕方ないよー。そもそも過去のデータあってこその今だからね。次からうまく生かしていこう。科学はそうやって進歩するんだし、人間だってそうだよー」

「よっし！　じゃあ改めて作戦会議、いきますか！」

彩葉が気合いを入れたので、由岐人は元気よく「おー！」と応える。カイゼもしおらしく「はい」と言ったが、暁月は無言だった。一応会話に加わる気持ちはあるのか、上半身を起こしてはくれたが。

「すごく基本的なことなんだけど、本人と話してみなきゃ、結局よくわかんないと思うんだよね。多分、淋しいとか退屈とか、単純なことだとは思うんだけど、あのくらいの年齢の男の子は絶対自分では認めないだろうし。話が通じれば、たとえ口喧嘩になったとしても、意思の疎通はできるでしょ？　だからまずは、話し合い。どうかな？」

「いいと思うよー。こっちで勝手にあーだこーだって想像するより、本人を直接相手にできるんなら、その方が早いしねー。無駄がなくて助かるでしょ」

そう言って由岐人が暁月を窺う。苦々しい表情で怒りを噛み殺していたようだったが、どうせ黙っていたところでこの二人が結束したのだから、岩に抱きついて抵抗しても連れて行かれるのはわかっている。どうせ無駄に終わる抵抗なら、するだけ本当に無駄だ。

「好きにしろよ。もうとばっちりはごめんだからな。っつーか、さっきのアレ、何であんな近距離に着いたんだよ。いくら何でも近過ぎだろ。危うく王様踏んづけるくらいの近さじゃねぇか。それなら次はいっそ踏みつけろ」

「申し訳ありません。私の能力ではかなり制御したのですが……お二人の思念の強さが想定外で」

「こいつらの？」

さすがに驚いて彩葉と由岐人を交互に見る。

「何でお前が影響されるんだよ。お前しか行き方がわからねぇからくっついてたんじゃねぇのかよ」

「そうなのですが、接触していたせいか、お二人の思念が私に干渉したようでして。まぁその、オーバーラン、というような……」

カイゼに、というよりも、そこまでして王様に会いたいものかと、彩葉と由岐人に対して閉口した。

「あはは……そんな影響も出ちゃうんだ？　ごめんねー」

「そっか、嘘がつけないって言ってたもんねー」

その張本人たちはまったく悪びれた様子はなく、むしろ「次も頑張ろう！」などと言い合っている。そこは励まし合うところじゃない、と突っ込みたくなるが、面倒だったのでやめた。

「じゃあ次はちゃんと頼むぞ。王様の真上か、一般的な距離感か、どっちかだ」

「はい」

カイゼが立ち上がったので、それを合図のように三人もゆっくりと立ち、先程と同様に手を繋いで輪になった。

「では、今度こそ参ります。よろしくお願いします」

「「はーい」」

嬉しそうに自分の左右で声を合わせる二人に、暁月は嘆かわしい思いでガッチリと手を掴まれていた。

「また来た」

彼はそう言って、先程よりはやや距離を置いた場所、自分の横たわっている柔らかいソファーベッドのようなものの数歩先に目をやった。

「よかった、ちゃんと測れたね」

「真上でもよかったのに」

「だからあんたはすぐそういう……」

彩葉が視線を感じて振り向くと、現王という少年と目が合った。もともとそうなのか、こちらに来て以降手入れをしていないのかわからないが、目を覆い隠すほどに長い前髪と、随分前に流行ったような後ろ髪をすいた襟足の長いウルフカット。色は染めたり抜いたりしたことなど一度もないような、純粋な黒。彩葉よりも身長は低そうで、体つきもまだ覚束ないような頼りなさがある。ゲーマーを自称するだけあって、完全なインドア派なのだろう。

「こんにちはー。多分きみと同じ世界から呼ばれて来た者でーす」

由岐人が〈優しいお兄さん〉の顔で言うが、現王の少年は呆れたような目をしてため息をついた。

「何？　また頭悪そうな奴？　人数いればやれそうとか思ったのか？　バカにすんなよな」

「勝手に決めつけて一方的に怒りをぶつけてくんの、やめてくんない？　すっげぇ気分悪いんだわ。あとコイツ、バカみたいだけどアホほど天才だから。見た目で人を判断するな」

「わーお、弟くんが僕をかばってくれるとか、嬉しくて泣きそう。録音しておきたかったなー」

「そんなんだからクソガキに舐められんだよ」

「いいじゃない、それで彼の気が収まるなら」

「それだと俺が収まらん」

「どうしてー？」

「……知るか」

血縁のない義兄とは言えども、大切な姉が愛する夫だ。さすがに何も知らないような子供にバカにされるのを聞くと、理由はともかくとして腹立たしくなる。ただ、それを正直に本人に言うのも癪だった。高校生と言えども、やはりまだ暁月も子供だ。

一方で、現王の少年もまた、いろいろと考えていた。制服の女子と男子、これは恋人同士だろうか？　は、お気楽なことで。リア充死ね、とか。

兄弟にしては年齢が離れて過ぎているように見えるが、さすがに親子には見えない年長の男性。頭の悪そうな話し方をして、ニコニコと愛想を振りまいて、それで子供の機嫌がとれると思っているならやっぱりバカだ、と思う。

「王様ー、名前は何ていうの？」

すると、彩葉が「はいはーい」と手を挙げた。

一歩、二歩、と近付いてきたので、それを手で制しながら少年はどもりながら答える。

「くっ、く、倉狩アサナだ」

「ふーん、どんな漢字書くの？　私は孤月彩葉。よろしくね」

制しているのを気にも留めず、彩葉はアサナの目前にまで歩み寄る。もともと女性慣れしておらず、あまり他人と接した経験もないので、思わず身体が勝手に後ろに引いた。

「く、倉は倉庫の倉、あと、獲物を狩る時の狩っていう漢字」

その反応が微妙だったので、彩葉もあまり容易に近付くのはよくないと察して、握手でもしようかと考えていたが、手を差し出すのはやめておいた。距離感は人それぞれだし、どうやらこの少年は人と接するのが苦手そうな気がする。もしくは、何かトラウマでもあるのか。

「彩葉、むしろお前が狩りでもして、獲物を追い詰めてるようにしか見えないぞ」

同様の感想を抱いたのか、暁月がわざと嫌味をたっぷりと含んだ言い方をする。思った通り、アサナは言い返してきた。

「うるせぇな！　人数いるからって強気になってんじゃねーぞ！」

「うっわ、幼稚な反論」

小声で思わず呟いてしまった。これはわざとではなく、心底呆れてつい口を突いたというように。

「それでー？　下の名前は？　どんな漢字？　アサナくんって珍しい名前だよね。あ、僕は桐来由岐人。ここで名乗っても差し支えないって気が楽だねー」

彩葉のすぐ後ろ辺りまで由岐人も近付き、続きを訊ねる。しかしアサナは、「はぁ？」と真面目に不思議そうな顔で見上げてきた。

「アンタ、何言ってんの？　下の名前に漢字つける奴なんかいる？」

「……うーん？」

思わず由岐人は苦笑して腕を組みながら、首を傾げて彩葉と顔を見合わせた。そしてカイゼを振り返り、「ちょっと確認」と言って手招く。カイゼまでもが行くのなら、自分だけ離れていても仕方がないし、理解できないのも癪に障るので暁月も一緒に行くことにする。

「あのさ、僕たちの世界とここの世界は、時々交差してるんだよね？」

「はい」

「で、時間軸が違うとかで、とにかく同じところには二度と交わることはない、って言ってたよね？」

「ええ、次に交差しても、あなた方とは出会うことはありませんし、その時間軸にあなた方が存在するかどうかもわかりません」

「その時間軸っていうのは、行ったり来たりするもの？」

「――ええと、言葉で表現するのは難しいのですが、世界というものは実は数多くありまして、お互いに交わることもあれば、平行世界と言われるように、永遠に交わることのない関係にあるものもあります。現在のこちらの文明で干渉できるのはあなた方の世界のみなのですが、時間軸はそれぞれの交差によって違います。ただ、お兄さまのおっしゃる『行ったり来たり』の意味が掴みかねるのですが」

「ああ、そこね。つまり、僕たちの世界の時間でいうところの、西暦何年とかいう時代を表現する数字があるんだけど、それは普通は進んでいくの。数字が増えていく。二〇〇〇年の次は二〇〇一年っていうふうにね。僕たちにとっては時間と同じで、それは不可逆的なもので進むことしかできないんだけれど、交差する時間軸っていうのは、そういう概念まで覆してしまうものだったりするのかな、って」

「ああ、なるほど、その点ですか。それは覆しているわけではないのですが、そもそも各世界の軌道は異なりますので、こちらの世界の中でも当然ながらあなた方と同様に時間も年月も前にしか進まないのですが、世界そのものの軌道や、交差する側の軌道によっては、あなた方から見ると、過去であったり未来であったりする可能性はあります。お互いが出会った途端に明確に違いがわかる場合もあれば、見分けがつかない時期もあるようですが」

「なるほどね。わかりやすい説明、ありがとう」

「……今の、わかりやすかった？」

暁月がカイゼの背後から小さく囁く。由岐人も彩葉も「うん」と普通に頷いたので、天は二物を与えずという言葉などは端（はな）から信じていない暁月でも、自分だけが遅れを取ってしまうのは悔しかった。さすがに脳や理解力までは他力本願というわけにはいかない。うっすらとは理解できたが、漠然と雰囲気を捉えた程度だ。まぁ、完全にわからなかったわけではないから、話が進めばそのうち飲み込めるだろうという希望的観測を持って進めていくことにする。

「じゃあアサナくんは、多分僕たちから見ると未来人ってことになるね」

「そうですね。過去にもカタカナの名前のおばあさんとかはいますけど、世の中の常識っていうほどではなかったはずだし」

「ねー、そのゲーム機、分解させてもらってい－い？」

知的好奇心が勝り過ぎて、由岐人の手が今にも少年のゲーム機を奪い取ろうとしているように見える。

さすがの身内の不祥事は見逃せず、せめて未遂のうちにと思って暁月は慌ててその手を押さえた。

「おい、盗っ人猛々しいな」

「まだ盗っ人になってないけど」

「なってからじゃ遅いから止めてるんだよ。俺たちを犯罪者家族にするな」

「そこを突かれると、さすがに辞めざるを得ないかー」

心底残念そうに由岐人は手を引いた。一応、倫理観はまだまともにあるようだ。

さすがに世界は違っても、他人のものを盗むのは違法行為だと思う。平和な世界なら、そもそも法律さえないという考え方もあったが、ひとまず自分の中の正義感に従うのが一番正しい気がした。間違っていたとしても、自分で決めたことなら納得できるからだ。

「……何なんだよ、一体」

呆れた様子でアサナは振り返り、秘書のように佇む女性に目をやった。そこで初めて、暁月たちはその存在に気付く。もちろん、カイゼだけは知っていたが。

「今回の〈候補者〉の方は、今までとは違うご様子ですね。これならば王も望みを叶えられるのではないかと」

抑え付けたような低い声。髪の色がカイゼよりはやや濃いながらも似たラベンダー色だったので、王族らしいということだけはわかった。彼女が王に仕える職務を負っているのだろうと察する。

「ティエナ、ありがとうございます。そしてお久し振りで」

「ええ、カイゼ様もお元気そうで何よりです。お待ちしておりました」

外見で判断するなら、誰がどう見てもティエナと呼ばれた相手の方が完全に年上だと思うだろう。細身で長身で、顔立ちもはっきりと整った、品のある成人女性の容姿。背筋が伸びているので、最小限まで気配を消しても尚醸し出す凛とした空気は、王族特有のものなのだろうか。

こちら側では彩葉が格闘技を多くこなしてきたせいもあり、非常に姿勢がよく、言葉さえ発しなければキリリと引き締まった雰囲気を持っている。暁月はだらりとしていつもやる気のなさそうな猫背だし、由岐人は気になるほどではないが、やはり仕事柄、気を抜くと姿勢が前のめりになったりして、いつも正しい姿勢だとは言えない。

姿勢のいい女性は、やはり家柄にも関係するものなのかと、どうでもいいようなことが暁月の脳裏をかすめてすぐに消えた。多少猫背だろうと、俺は身長はそれなりにあるし、などと勝手な言い訳もしておく。

カイゼにうやうやしく頭を垂れるティエナは、実年齢や見た目の容姿はともかく、立場的には下になるのだろう。本家と分家、のようなややこしい関係があるのかも知れない。

「何、お前ら知り合い？」

暁月が何気なく言った質問で、場の空気が少し戻った。由岐人の知的好奇心のせいで、少し目的を失いそうになっていたからだ。

「ええ、ティエナも王族直系子孫です。私との関係は……うーん、説明は難しいのですが、ひとまず〈血縁者〉です」

「見たらわかる」

「でしょうね」

予測済みの反応だったのか、カイゼも真顔で頷いた。

「彼女は現王の側仕えのような職務を担当しています。ですからあらゆる──」

「ただの監視じゃねーか」

カイゼの説明に割って入るように、不機嫌なアサナの声が通る。変声期は過ぎたような粗い声質ではあるが、澄んだ部分もあってどこか心地よさが耳に残るのが不思議だ。

「わーお、反抗期？」

彩葉が驚いて両手を顔の横で大げさに広げる。彼女自身は特に反抗期がなく、ほとんど一緒に育ったような暁月はもとの性格がぶっきらぼうなだけで、反抗的になることはなかった。さすがによく見知っているといえども、世話になっている隣家の両親に対して反抗的になるのもどうかと考えたのか、彩葉と同じような環境で育てば反抗期などなくなるのか、聡子の教育の賜物なのかはわからない。

ただ、一人っ子の彩葉は自身が経験せず、身近な同い年の少年もその様子を見せなかったため、ある意味理不尽にただ自分の怒りを周囲に手当たり次第にぶつけるような、単純に言えば八つ当たりとしか言えそうにない態度をそう呼ぶのだろうと思ったのだ。いくら才女であろうと、自分の経験したことのない、しかも個人差も激しい感情のことなど、なかなか理解できるものではない。

「ちげーよ！　バカ女！」

「わー、反応が幼稚」

　さすがに由岐人も呟く。反抗期のなかった暁月でも、由岐人にだけはあからさまにきつく当たっていたが、根が素直なので認めるしかない才能は認める。さすがにここまで程度の低い悪口はあまり言われたことはない。むしろ相手にすること自体を「面倒臭ぇ」と言って口をきいてもらえなくなる程度だ。

「うるせー、マッドサイエンティストみたいなカッコしやがって」

　白衣でボサ髪に黒縁のダサ眼鏡という容姿を見ると、直感的にその言葉を連想してしまうのは、過去も未来も変わらないのだろうか。そんな感想を抱きながら、由岐人は一応訂正しておく。

「学者ではあるし科学者（サイエンティスト）もやってるけど、マッドじゃないからねー」

　クレイジーな学者と言われることに慣れてはいるものの、一応いつも訂正するようにはしている。半分くらいは事実でもあるが、あまり喜ばしくないイメージを持たれると、聡子や実家に申し訳ないと思うからだ。自分自身は何と言われようと、特に気にしているわけでもない。だからこそ、暁月の暴言にすら愛を感じられるのである。暴言を浴びせられるより、無視される方が何倍も哀しい。

「まぁいいや。クソガキのわがままに付き合うつもりで来たわけじゃない。流れ上

「一応名乗るけど、俺は笹塚暁月。別にすぐに忘れてくれていい」

わざと挑発するように言う暁月もたいがいだが、思った通りアサナは激昂して立ち上がった。手にしていたゲーム機を放り投げたが、残念ながらソファーベッドの向こうに飛んでいく。由岐人は素早く回り込みたい衝動に駆られたが、さすがに実行するほど子供ではない。チャンスがあれば、取りに行きたいという思いは消えないが。

「はぁー？　そうですか、お仲間引き連れて勇者ごっこかよ。人数いれば勝てそうって？　オレが子供だからか？　てかアンタ歳いくつだよ」

「十七。高二」

「あっそ。オレは十五歳の時にこっちに連れて来られたから、そっから三年経ってるし、実質年上かー」

「何を年齢だけで偉そうぶってんだか、意味がわからない」

もともと目上の相手をそれだけの理由で敬う気持ちはあまりない。暁月は現実主義過ぎて、他人を評価する時も、実績を見るタイプだ。どんなに年齢を重ねても、中身が空っぽの人間に敬意など払えない。その代わり、たとえ年下であってもすごいと思えば素直に褒め称えることに、プライドなどを気にすることもない。

「うーん、調子に乗ってるところ悪いけど、こっちの世界ともとの世界って、完全に時間の流れの速さが違うから、実際はあんまり変わらないよ？」

「そうだねー。単純に計算すれば、こっちの三日が僕たちの三時間だから――」

「こっちで三年経ってたって、戻れば一ヶ月半程度でしょ」

「うわ、さすが数字女！　計算はえー」

「あんたがバカなだけだってば。由岐人さんはあんたに合わせて説明してくれてただけで、頭の中じゃ瞬時に答えを弾き出してるわよ」

その通りだったらしく、由岐人は「ははは」と頭を掻いている。

「何かそうらしいから、じゃあお前、俺に威張れること何もないな」

他力本願を自覚しているので、当然のような顔で他人の出した答えを相手に突き付けてドヤ顔をする。アサナは口唇を噛んで悔しそうにしていた。

ここに来た時はきっと暁月と同じように制服だったのだろうが、三年もいるとなるとさすがに着替えは用意されるようで、指先まで隠れるようなクリーム色のシンプルな大きめのシャツに、同じ色のワイドパンツという、王様のイメージとはかけ離れたシンプルかつリラックスできそうな服を着ている。どうやら裸足のようだが、そこにこだわりはあるのだろうか？　更には威張りたいだけなのか、無駄な腕組み。

「へぇえ？　いろいろ恵まれてそうな奴が偉そうなこと言うじゃん」

「何その恵まれてない自分を自慢するっぽい発言。ムカつくんだけど」

「あっはは、その通りだからな。オレって超恵まれない可哀想な子供なんだよ。じゃあアンタは何か恵まれないことあんの？　何でも持ってそうなぼやけた顔してさ」

見た目を言われると、初対面で受ける印象は大方その通りなので、否定はしない。幸せそうと言われても、実際に今は幸せではあるし、自慢するような不幸などない。

「うーん、なら俺は、両親が死んでる。二歳の時らしいから、実は親の顔も覚えてない。写真を見せられても懐かしささえ感じない。それってちょっと可哀想っぽくね？」

大抵その話をすると、聞いた相手は申し訳なさそうな顔をする。自分では不幸だと思っていないので、そう恐縮されると困るんだけど、といつも言いたくなるのだが、それは言わない方がいいと姉に言われているので、相手の配慮は黙って受け取るようにしていた。

普通は幼少期に両親を失うことは、とても可哀想なことらしい。暁月から見れば、実の両親から虐待を受けた末に殺されてしまうような子供の方がよほど可哀想だと、テレビのニュースで聞かされる度に思うのだが。まぁ、感じ方は人それぞれなので、強要はしない。

「あー、それ可哀想な。けどオレは、両親は生きてたけどずっと邪魔にされてて、メシも一日一食あればいい方で、部屋から出ることもできない一人っ子なんだよな。

これも結構可哀想だろ？」

「悪いけど、不幸自慢だったら俺は降参させてもらう。他人に自慢するほど安い不幸を背負ってないから。聞かされるのも面倒だし」

暁月の冷静な声に、アサナは瞬時にカッとする。感情の変化が早いが、非常に見えやすい。

「何それ、オレの不幸が安っぽいとか言いたいわけ？」

「さぁ？　好きなように解釈してくれていい。不幸とかそういうの、受け取る側の気持ちだし。俺は別に、今が幸せだから気にしてない。自慢もしないし愚痴も言わない。言う理由も言いたい衝動もない」

「は、立派な心掛けですこと」

「立派な姉に育ててもらったんでね」

だんだん面倒になってきてるな、という暁月の態度は、彩葉や由岐人にはすぐにわかる。多分、暁月が一番苦手とするタイプなのだろう。そもそも子供嫌いだし、話が通じない相手が嫌いなのだ。そういう意味では、動物もあまり好きではないので、ペットを飼いたいと思ったこともない。

人間は人間同士で意思疎通できればいい。それさえ年齢だの環境だの国籍だのでうまくいっていないのが現状なのに、宇宙にまで出て他の生命体を探すという研究をしている連中は何を考えているのかとさえ思っている。自分の周囲の人間関係もまともに築けない奴が、異星人となら通じ合えるとでも信じているのだろうか。バカバカしいにもほどがある。

「へー、それでお仲間もいるなんて、さぞかし素晴らしい人生なんだろうな」

「まぁお前みたいなマイナス思考の塊みたいなクソガキよりは充実してると思うよ。世の中を憎んで生きるほど面倒なことはないしな。俺は平和主義なんだ」

「ばっかみたい。平和なんか世界中どこを探したってないだろ？　いつもどっかで戦争やってるじゃん。戦争がない時代なんてないし、揉め事のない国もない。家族なんていう一番小さいコミュニティでさえあっさり崩壊するんだからな。規模が大きいほど争いはなくならない。だから平和なんか永遠に訪れない」

アサナは見てきたかのように断言する。自分たちよりどの程度未来の時間軸を生きていたのかはわからないが、少なくとも日本人が名前に漢字を当てはめることが常識ではないようになっているほどだ。かなり先だろうと由岐人は考える。

「ふーん。そりゃ不幸な思考回路だな。根っからの不幸体質だ。そういう考えを持っている限り、お前はどこにいたって平和な気持ちにはなれねぇよ。ずっとここで王様してればいいじゃねぇか。事実上この世界はまったくもって平和で争い事もないらしいし、最低限の不幸からくらいなら逃れられるんじゃやねぇの？　お前を邪魔にした親にも会わずに済むし、辞める理由なんかないだろ」

今にもあくびをしそうな暁月は、もう口を開くのも嫌そうだ。不幸が感染る、などと言い出しかねない。

「もう飽きたんだよ。どんなゲームを生み出したってすぐクリアできるし、どんだけチャレンジャー募っても誰もオレに勝てない無能ばっかりだ。どうせアンタたちも負ける。悔しがりながら消えていく。帰る場所があるから、負けたっていいんだ。心構えが安いんだよ」

アサナの本音が垣間見えるような言葉に、暁月は少しだけ興味を惹かれた。

「お前は帰る場所がないから勝ち続けてんのかよ」

「オレは単に強いから勝ってるだけ。まぁ、確かにもう帰る場所なんかないけどな。二度と同じとこと交差しないらしいから。別にいい。あんな親のもとに帰っても仕方ないし、それなら見知らぬ場所で一人でやり直す方が気楽だし」

正直、心底面倒臭ぇ、と強く思った。思念の力で言うなら、かなり強いだろうと思うのだが、それで何が具現化するわけでもない。そんなくだらないもので、目が飛び出るほどのゲルトを差し引かれるのも困るが。

「じゃあ何でまた挑戦者呼ぶとかやってんだよ。矛盾してないか？」

「暇だから。負ける奴の悔しがる顔が見たいから。子供だからって舐めてかかる奴に仕返しできるから」

「なら俺はえらいとばっちりだな。そもそも勝負する気なんかないから負けないし、別に悔しくもならないし、俺がお前を舐めてるのは子供だからじゃなくて脳みそが憐れ過ぎるからだ」

そう断言して、おしまい、とでも言うように、暁月はくるりと踵を返す。「カイゼ」とだけ呼び掛けて、帰ろうという意思表示をする。

「ふーん。結構な強がりさんだね。かなりメンタル鍛えられてるけど、損耗も激しい。きみ、本当はすごく淋しいんでしょ？　それで、彼が羨ましいんだよね？」

由岐人の的確な指摘に、アサナは顔面を即座に紅潮させる。本当にわかりやすい子供だ。こんなに可愛いのに、親は何故、と思ってしまう。

「はぁ？　意味わかんねーし。別にっ、羨ましいとか、全然、絶対ないし」

「わー、リアルなツンデレ、可愛い♪」

「生で初めて見た。年下で可愛いなら射程圏内。チビっ子バンザイ」

由岐人と彩葉が予想外の反応をしたせいか、アサナが逆に驚いている。さすがに一層憐れみを感じてしまい、顔だけ振り向いてその様子を見ると、やや恐怖に引きつった表情でアサナが明らかに暁月に助けを求めるような視線を投げたのを受け取ってしまう。

「……何この変態たち……」

「すまん、それは認める。困ったことに、それも一応俺の連れなんで」

「変な奴の集合体かよ」

先程までの強がりな口調ではなく、呆れたような困ったような怯えたような言葉が暁月の一番触れられたくない部分を突く。

「それ、頭下げて頼んでもいいから、その集合体の中から俺だけは外してくれな」

「そんなに嫌なのかよ。連れなのに。すごいな、違う意味で」

「確かに」

仕方がないので暁月は再度戻って二人の肩に手を掛ける。

「まぁ落ち着け。せめて年相応の振る舞いをしろ。ガキを怯えさせるのはよくない」

本当に平和主義なのか、とアサナは意外に思った。プライドなどなさそうで、嫌なことを避けるためなら年下の子供にも頭を下げてもいいと平気で言う。間違いを間違いと認める。相手が誰であろうとよくない行いを正そうとする。

そんなことをしても、自分には何の得にもならないのに……？

思わずぽかんと口を開けてしまったアサナを見て、暁月は「ほら見ろ」と言う。

「お前らが大人げないから、クソガキが小便垂れそうになってるだろうが」

「なってねーよ！」

少しでも見直しかけた自分がバカだった。思わず気怠い平和ボケした雰囲気に飲まれそうになった。こいつらは敵だ。勝負になったら勝たなければならない敵。負けるわけにはいかない敵。気を許している場合ではない。

「うっぜ！　何でも勝負してやるから、さっさと負けて帰れよ！」

「あー、はいはい。だから勝負しないって」

暁月はだいたいアサナの性格が読めてきたので、怒ることさえ面倒になった。いちいち腹を立てるだけ無駄だ。腹を立てるのにも結構体力も気力もいるし、とにかく疲れる。とばっちりに面倒事、更にはクソガキの相手などという三重苦に耐えたくはない。

「あのさぁ、単刀直入に訊くから、回りくどくない感じで答えて欲しいんだけど」

だるー、という音でも聞こえそうな暁月の無気力そうなタレ目に射竦められ、アサナは黙って頷く。その雰囲気だけなら恐れるに値しない。そうではなく、返答次第では本当に見捨てそうなリアルさが怖いのだ。

何より見捨てられるのは——心底痛い。

「お前がここに来る前。要するに、お前がもといた世界で。簡潔にでいい。言いたくないことは言わなくてもいい。お前は主に、どうやって過ごしてたんだ？」

予想していたよりずっとソフトな質問だった上に、言いたくないことは言わなくてもいいとまで言われて驚く。普通は根掘り葉掘り訊くべきことではないかと思うのだが、どうやら彼らは自分よりずっと昔の時間軸の人間らしいから、性質まで違うのだろうか？　それとも個人的にただの変わり者なのか。

アサナは少し思い出すように考えを巡らせる。こちらで過ごした感覚が身についてしまっているせいで、三年前までの出来事を思い出すのはそう簡単ではなかった。敢えて思い出さないように考えずに過ごしてきたせいもあるのだろうか？　言いたくない出来事はたくさん思い出すのに、言えそうなことがなかなか思い当たらない。それほど嫌なことしか思い出せない。考えるほどに嫌な記憶ばかりが溢れ出てくる。嫌だ。もうやめて。

「……ゲーム、してた」

絞り出すように、それだけ言った。暁月は即座に返す。

「どんな？」

「通じるかどうかわかんねーけど、デバイスを通してゲームの中に入り込めるやつがある。そこはいわゆる別世界みたいなところで、バトル系とかシミュレーション系とか恋愛系とか、いろいろジャンルが分かれてる。オレは主にバトル系で遊んでた」

「あー、何かＶＲみたいなのかなー？」

「多分そういうやつの進化系だと思う。オレは……部屋から出られなかったから、ずっとその世界にいた。ずっとずっと戦って、スキル上げて武器も強化して。魔法力も最高にして強力な魔物の召喚とかもして。気付いたら〈世界最強〉って呼ばれるようになってた。当たり前だけど、その世界の中って話。けどそのせいでオレに挑んでくる奴が増えた。全部勝った。勝ち続けた。それしか生き残る方法がなかったから」

「何それ。そこで死んだら、現実でも死ぬワケ？」

「そうじゃないけど。〈世界最強〉じゃなくなったら、オレの存在が、その世界から消える。名前のない〈戦士A〉になる」

「それは嫌なことなのか？」

「……嫌だ」

　厄介事になった、と暁月は頭を抱えたくなった。自分から振った手前、さすがにそこまでしなかったが、自ら重荷を背負うようなところに足を突っ込みかけている気がする。

　言いたくないことは言わなくてもいいと念押ししたのは、自分が他人の重みまで担ぐ気はないからだ。重い話はしないでくれ、という意味だったのだが、子供には通じなかったらしい。困った。

「あのさ」

そこに彩葉が敢えて明るい声で口を挟んだ。暁月は少しホッとする。後は頼んだと放り投げたい案件だ。

「アサナくんは部屋から出られなかったって、さっきも言ってたけど。それって物理的な意味？　それとも精神的とか心理的な関係？　あ、差し支えなければでいいの。嫌なら答えなくていいよ」

この女もか……とアサナは異様なものを見る目で彩葉を見た。さすがに自分の言葉のどこが彼の気に障ったのかがわからず、「あわわわ」と美少女が慌てる。

「いやごめん。無神経だった。ホント、答えなくていいから」

「――別に、嫌とかじゃないけど」

本当は、嫌だ。ただ、自分一人で抱え込んでいるのもまた、同じくらい嫌だった。

しかしそれまで、誰ともそんな話をすることはできなかった。ゲームの世界では見知らぬ他人とバトルをするが、もちろんパーティを組んだほうが勝率は高まるので、話し掛けることもできる。バトル系ではない世界を選べば、ただのおしゃべりに興じるだけ、というものもあったし、恋愛系ならば当然恋愛ごっこもできる。

しかしアサナはゲームの世界でも〈孤高の戦士〉だった。味方は召喚した魔物だけ。魔物はさすがに誰かが操作しているわけではなく、あくまでゲーム内でのキャラクターに過ぎなかったから、当然会話などしない。だからアサナは本当に一人だった。結局のところ、現実でも、ゲームの世界の中でも。

アバターの容姿も名前も自由に変えられるし、セキュリティは強固なのでまず身分を特定される心配はない。だから、大抵ゲームに入ってくる者は、現実とは違う人格であることが多い。恋愛系はその代表格だ。理想の自分を装って楽しむ、というのが一般的に浸透しているから、現実世界で関わり合うこともない。すべては別世界の中だけの話。理想郷のようなもの。プレイヤーはみんな、そうと理解してプレイしている。

「全部が当てはまる。物理的に部屋に鍵を掛けられて出られないこともある。いつ開いてるかは鍵の持ち主次第だから、開いてるのがわかったらその間にトイレとかには行くけど。メシは扉の外に置いてあれば食べる。でも、開いてるのがわかってても、家に誰かがいたらオレは部屋から出られない。出て来るなって言われるのもあるけど、出ようと思っても結界が張られてるみたいに、足が出せなかったりする」

「ちょっと質問だけど、結界までは本来作り出せないんだよね？」

「当たり前。ニンジャじゃあるまいし。でもオレは出られない。どうしても」

ふぅむ……と彩葉も由岐人もさすがに困った表情になる。暁月は最悪な気分だ。

未来人でも実の親が子供を部屋に軟禁状態とか、まったくもって人類は進化しないものだと呆れるほどだ。ちょっとそこの天才学者に何とかできるシステムを作ってもらえないものだろうか？　他人の不幸を聞かされるほど嫌なことはない。姉を奪っていった変態にすら頭を下げてもいいと思えるほど、非常に不快だ。

姉がごく普通、むしろそれ以上にフワフワしているド天然だから、自分の親はごく一般的だったのだろうと思う。隣家ともうまく付き合っていたのだし、実際に自分たちの両親は「いい人だった」と聞かされている。仮にお世辞だったとしても、アサナの親ほどの人間なら、たとえ死んだからといっても、残された子供は可哀想だとは思っても、自分のところで面倒まで見てはくれないだろう。そこまでの付き合いができていたから、暁月も聡子も弧月家のおかげで、ごく普通に成長することができたのだ。

初対面の赤の他人にすら「幸せそう」と言われるほどに、暁月も聡子も悲壮感を見せない。持っていないものを見せることなどできるはずもないのだし、今が幸せならそれで十分だ。失った過去を取り戻せないなら、今持っているものを大切にすべきだと思う。その考えは、かなり幼い頃から自然と持っていた。言葉で教えられたわけではないが、姉の姿を見て学んだのかも知れない。

「まぁだいたいわかった。じゃあ引き上げよう」

「「え？」」

ハモった二人に呆れた視線をやって、暁月は当たり前のように言う。

「え、じゃないだろ？　今日は様子見って言ってたじゃねぇか。もう十分話聞いただろ。それにそいつ、相当弱ってるし。これ以上話すと、集団イジメみたいになる」

「弱ってねーし！」

「はいはい、わかったから。いいよ、もう忘れるから。だからお前も気にすんななかったことにしとけ。じゃあな」

「んー、さすがにここは暁月の言う通りかな」

「そうだねー。一旦時間置こうか」

彩葉と由岐人も納得した様子でアサナに「じゃ」と残して立ち去ろうとする。アサナは為す術もなくその場に立ち尽くすしかない。言葉が出ない。足も出せない。ここはもう自分の部屋ではないのに、けれど三年も玉座に縛られている間に、結局同じことになっているのだろうか。

「あの、本当にもういいのですか？」

暁月はともかく、他の二人まであっさりと引き上げることに賛同したので、カイゼは驚く。

「別にいいけど。何か制限でもあんのか？　一日何回までとか、三日の間にここに来れる回数が決まってるとか。そういう肝心なことは先に言っとけよ」

「いえ、大丈夫です。いつでも何度でも、あなた方が望むならば来れます。二日の間だけなら」

「じゃあいいだろ」

「いいよー」

「大丈夫、暁月は自分の言ったことは覆さないから。カイゼちゃんが責められることはもうないよ」

どこから湧いてくるのか、その信頼感の源がいまだに謎だ。もちろん、生まれた時からの付き合いの少女と、つい昨日会ったばかりの自分とでは、感覚が違って当たり前ではあるが。それでも、気怠そうで無気力で面倒臭がりを具現化したような暁月が、何故こんな聡明な美少女や、愛情溢れる天才学者に認められているのか、不思議でならない。カイゼとしてはどちらかと言えば、この二人が信頼しているのならば、という気持ちで暁月を見ている部分もある。自分が知らないだけで、きっと何かすごいものを秘めているのかも知れない、という希望的観測だけが頼りだ。

「で、では、戻りますよ？」

「おっけー」

四人で輪になって手を繋ぎ合うのを見て、アサナは思わず胸が苦しくなった。吐き気がする。辛い。痛い。

音もなく四人は消え去り、残されたのは立ち尽くしたままのアサナと、静かに佇むティエナのみ。広い部屋にたった二人。しかもほとんど話すこともない。お互いにそこにいると認識しているのかすらわからないほどだ。三年間ずっとそうだった。

なのにあいつは。

「……なぁ」

「何でしょう？」

「〈候補者〉って、一人しか呼べないって言ってなかったか？」

「その通りです」

「じゃあ何で、今回は三人もいるんだよ」

「〈プンクト〉の少年が、あとの二人を引き寄せたのでしょう。思念が強ければ、絆の深い関係の者を引き寄せられることも稀にあるようです。理論的にしか証明されていませんでしたが、今回実証されたことになりますね」

「絆……」

何年ぶりだろう。ここの世界でも、もとの世界でも。涙など、幼い頃に泣き喚き過ぎて、すっかり枯れ果てたと思っていた。長らく放置している間に、また水分が貯まったのだろうか？

アサナは無自覚に両方の目からボタボタと涙を流していた。ティエナは何も言わ

ずに見守る。そのうちアサナは、声を上げて泣き始めた。まるで赤ん坊のように無防備に。そして座り込んで床を打ちながら号泣する異世界から来た覇者が初めて見せた弱い姿に、掛ける言葉も見つけられずにいたティエナは、ただただこの未熟な王が解放されることを祈るしかできずに佇むばかりだった。

4

「お疲れー」

「おつー」

「別に何もしてないだろうが」

瞬時に再びもとの森に戻ったが、暁月は相変わらずつれない。現実としては確かに特に疲れるようなこともしていないし、移動に関して言うならまったく無関係だ。カイゼと手を繋いでいるだけで、瞬時に移動できる。お疲れも何もあったものではない。

「もー、一応カイゼちゃんを労ってるのよ。これだって一応減るわけでしょ？　あのゲルトってやつ」

「私は王族直系子孫なので、そもそもゲルトを付与されていませんし、ある意味無限に使えるようなものですから大丈夫ですよ。それに、今回で言うならあなた方をお送りするためという使命で使っていますから、むしろ加算対象です」

「わぁお、湯水の如く使い放題ってことね。しかも今回は人助けをしたってことになるわけか。増やし方のコツがわかってきた」

「増やしても持って帰れねぇぞ」

「そういう問題じゃないの。数字は芸術なのよ。並びが美しいと、胸がときめくじゃない」

「まったく理解できない」

　これだから数字女は……と思いつつ、彩葉の数字好きは相当幼い頃からだったので、今更ではある。父親の銀行の通帳を見て数字の羅列に興味を持ち、増えると楽しいという感覚を身に着けたのを暁月も知っている。自分も一緒にそれを見ていたが、別に何も感じなかった。自分のものではないせいなのか、そもそも別の血筋であるせいかはわからないが。

「消費がポイント制みたいなのって便利だよねー。普通は魔法使ったりすると魔力が減ったりして、長期戦が不利だったり、体力の消耗が激しかったりするもんじゃない？　でもここは、自分にまったくダメージなくしていろいろできるんだよねー。すごい文明だよねー。街の図書館に行ったりして、いろいろ調べてみたかったなぁ」

由岐人も非常に残念そうにそうこぼす。学者なので知的好奇心旺盛なのは構わないが、子供からゲーム機を取り上げようとするのはどうかと思う。何でも分解したがる癖には呆れるばかりだが、しっかりと元通りに戻せるし、故障している部分があればついでに直したりもできるため、やめろとまでは言えない。一度でも失敗すれば言ってやろうと考えているのが、いまだにそのチャンスは訪れていないのだった。

「で？　話し合いみたいなのは一応終了。俺でもだいたいあいつのことはわかったから、どうせ天才組はすっかりお見通しなんだろ？」

「んー、どうだろ？　そういうのって、どっちかって言うなら暁月の方が得意じゃない。他人の気持ち考えるのとかさ。あんた意外と繊細だし、無駄に優しいから」

「褒められてる気がしない」

「別に褒めてないわよ。事実を述べているだけ」

「あっそ」

確かに、「無駄に優しい」という言葉はまだ姉と結婚する前の由岐人からも言われた。今よりも更に冷たい扱い方をしていたのに、どうしてそんなことが言えるのかと思ったが、多分あの時も案外それで正しかったのかも知れないと、数年経った今ならわかる。心の片隅では「でもこいつは姉ちゃんが好きになった相手だからなぁ」

という遠慮というか、奇妙な説得力というか、謎の思いやりがあった。

学校でもたまに言われる。「見た目からは想像できない優しさ」とか、「欲しいと思った時にくれる不意打ちでヤバい優しさ」とか、褒められている気のしない褒め言葉ばかりだが。取り敢えず暁月は、言い方はどうあれ「優しい」とは周囲からは認められているようだ。自分ではただ甘いだけだと反省している短所なのだが。

「弟くんは優しいからねー。でも気を付けないと、引っ張られるよ？」

由岐人はたまにそうも言う。的確な時に、的確に言う。ならば今もきっと、そうなのだろう。

「引っ張られるって？」

抽象的な言葉が理解しにくかったのか、彩葉が訊く。

「んー、弟くんって無駄に優しいせいで、感情移入が強過ぎちゃう時があるんだよね。簡単に例えるなら、雨に打たれて弱ってる捨て猫とかを見過ごせないで連れて帰ってから、これどうしよう、って考える感じかな」

「あー、感情先行型ね。連れて帰ったはいいけど、反対されたらどうしよう、でももう捨てるわけにもいかないし、ってぐるぐるしちゃうやつ」

さすがに彩葉もきょうだい同然に育っているので、よくわかっている。

「うるせぇな。もうそこまで子供じゃねぇよ」

「あんまり変わってないよー」

「その分てめぇも歳食ってるんだからな！　いつまでも若ぶってると恥かくぞ」

「僕はいいけど、聡子さんも同い年だからね。それ、大好きなお姉ちゃんに言えるかなぁ？」

にこー、と爽やかな笑顔を向けられると、小バエのようにはたき落としたくなった。しかしグッと拳を握って堪える。大人げない大人の相手をするのは癪だ。

「いいから！　後はお前らで何か考えろよ。俺はいるだけでいいって約束だからな」

「大丈夫！　私と由岐人さんで十分だから！」

彩葉が親指を立てて豪快に笑う。嫌な予感しかしないが、自分で動くつもりはない。確かに、引っ張られそうな気がするからだ。あいつにはこれ以上関わらない方がいい。脳内で信号が赤く光ってそう告げている。

空の色はもう変わり始めている。彩葉の起床が遅かったことや、二度手間になったせいもあるのだろう。もともとこの世界の時間は自分のいた世界よりは早いらしいし。

「うー、昼は気にならないのに、何で日が暮れると腹が減るんだろうな」

「そうだねー、普段はお昼もチャイムとかで知らせられるから、そういう気分になるんじゃないかな？　ここじゃ、お昼を知らせてくれるものがないからねー」

「あ、それって私たち、三時間のうちに三回も夕飯食べてるってことにならない？　身体は本物なんでしょ？　だったらヤバい！　一日六食になっちゃう！　太る！」

彩葉が慌てて自分の腹や太ももを触って確認する。食べて寝ただけで、移動は徒歩ですらないし、運動などしていないどころかまさに「食っちゃ寝」ということだ。年頃の女子高生としては由々しき事態なのだろう。

「大丈夫だろ。お前の幼女成分吸収パワーで相殺できんじゃやねぇの？」

暁月が適当なことを言うが、彩葉は「その発想はなかった！」と言わんばかりに輝く笑顔になる。当然ながら、暁月が故意にスイッチを入れた。

生贄にされたカイゼは、呆然としたまま彩葉に抱き締められ、更には頬ずりまでされてしまう。しかしまず「お肌ツルツルですね」と感じてしまうあたり、もう相当侵食は進んでいるのかも知れない。幼女キラー恐るべし彩葉、だ。

「じゃあ夕飯にしよっかー。何食べようかなぁ。やっぱり作戦会議の前は糖分摂取が必須だよねー」

言ったそばから、由岐人の手にはサイコロ状のチョコレートがいくつか乗った。

「それってマジで効果あんの？」

前々から疑問に思っていたので、何気なく暁月は訊く。彩葉も興味ありげだ。

「んー、大々的に言われてるほどの効果は、実はそうないんだけどね。まぁ短時間の会議とか、試験前夜の集中的な勉強とかにはある程度の効果はあるみたいだよ。結局のところは、一番いいのはやっぱりバランスの取れた栄養の摂取だけど」

「そうなんだ？　まぁ完全に信じてたわけじゃないけど、テレビで特集とかあると、次の日にその商品だけ品切れ状態とかって、結構あって面白いよね」

「みんな真偽不明の情報に惑わされ過ぎなんだよ。ヨーグルトとか納豆とか、同じもんばっかり食べ続けていいわけないいじゃん。何事もほどほどにバランスよくって、基本だろ」

現実直視型の暁月は、テレビは参考程度にしか見ない。災害や事故のニュースなら、さすがに捏造だと疑うことまではしないが、ウンチク系のバラエティ番組は好まないのだ。学者の証言を得られて、ようやく何となく安堵する程度だ。

「アヤちゃんもチョコ食べるなら、ハイカカオにしたらいいよ。過剰摂取しなければ、そっちの方が女性には嬉しい効果もあるしね」

「へー、じゃあ七十二パーセントのやつにしよう」

具体的に商品を思い浮かべたのか、暁月も知っているメーカーのパッケージが彩葉の前に現れた。さすがにこの世界にあるとは思えないが、箱ごと出すこともなかろうに、と苦笑してしまう。

「箱全部いったら、過剰摂取にならねぇの？」

「明日の分に残すわよ」

あげるわよ、というのを期待したのだが、さすがに彩葉はちゃっかりしている。暁月の考えなどお見通しだ。通帳を見てニヤけているところを見ると、マイナス分が少なかったのだろう。

「俺何にしよっかな」

「あはは、あんた失敗続きだもんね。いい加減学ばないと、赤字出るんじゃやない？」

「出ても返済義務なさそうだからいいんじゃやねぇの？」

「赤字にはなりませんよ。強制労働が必要になるだけです」

澄まして言うカイゼの言葉に、暁月は「マジで!?」と驚く。コクリと頷くので、真面目に考えることにした。由岐人は既にチョコレートを食べ始めている。舐めて溶かす派らしいが、暁月はチョコレートは噛み砕いて食べる派だ。更に言えば、冷蔵庫に保管しておくタイプでもある。

さんざん考えた結果、なるべく詳細に思い描いて「牛肉のサーロインステーキの鉄板焼きをウェルダンで」と言ってみる。言葉にする方が感覚的にわかりやすいのだ。

確かに昨夜同様に鉄板に乗って肉が現れた。恐る恐るニオイを嗅いでみるが、確かに知っている牛肉の匂いだったので安心する。口に入れても好みの焼き加減で柔らかみもある。なかなかにいい肉を使っているな、と思った途端に気付いて、バッと通帳を確認した。

「————!?」

その言葉にならない様子から、三人は察した。彩葉はため息、由岐人は苦笑、カイゼは口を開けて驚いている。

「よりによって牛肉だなんてそんな、無駄遣いも甚だしいですよ」

「……ごめん、そういう肝心なことは先に言ってくれない？」

「では先に相談してください。人様の食事の好みに口を挟むのは無礼なので控えていたのですが、あまりにもあなたの感覚は酷いです」

「違う、この世界が違い過ぎるだけだ……十万とかありえねーだろ。どこのブランド牛食わせろって頼んだよ？」

「あんたが無意識に思ってたんじゃないの？　普段食べれないようなやつーとか」

「否定できない自分が悔しい」

あははー、と由岐人が笑う。美味しいけれど、とても哀しい気分になってしまう。まだ赤字に転落してはいないが、まったく基準がわからない。そもそも「肉」というのがダメなのだろうか？　食べ盛りの男子高校生から肉を奪われると、食べられるものがない。次からはカイゼにきちんと訊いてからにしようと心に誓った暁月だった。

「も、寝る」

完食は当然したものの、食べた気がしないというか、満足感が得られないため、ふて寝することにしたらしい。きっと起きているだけでまた空腹感が訪れそうな気がする。強制労働は嫌だ。楽をして長生きするのが暁月の信条なのだ。

「寝る子は育つからねー。でもお兄ちゃんは身長は抜かれたくないなー」

「誰がお兄ちゃんだ」

「僕」

「知らん」

そこは相変わらずである。

「カイゼちゃんって、ホントに食べないね」

彩葉は平らな胸に抱きかかえているカイゼを見下ろしながら、しみじみと言う。どこか羨ましそうにも聞こえる。

「そうですか？　まぁ、大抵の者はあまり食べないですね。数日に一食あれば十分ですし」

「どんな身体⁉」

早速由岐人が興味を示す。まさか人体まで解剖したいとか言い出したりはしないかと、暁月はヒヤヒヤした。まぁ、ここの住人と接することはないはずなので、カイゼが解剖されない限り大丈夫だとは思うが。……カイゼに手を出したらさすがに〈桐来由岐人殺害計画〉を執行するしかない。しかし死体も連れて戻るとなると、処分も考えなければ……と結構真剣に考えていると、当の由岐人から「はい」と赤いものを手渡された。どうしても反射的に受け取ってしまう。

「……トマト？」

きょとんとして首を傾げる暁月に、由岐人はまさか殺害計画を練られているとも思わず、優しく微笑む。またご丁寧なことに、ひんやり冷たい。

「うん。牛肉は四時間くらいかけないとちゃんと消化しないからねー。まぁ弟くんは若いから胃もたれまではしないだろうけど、体内の温度を下げると寝付きがよくなるよー」

「はぁ……」

一応脳内から殺害計画書を消して、冷たいうちにトマトに齧りつく。みずみずしくて、口の周りや手も濡れてしまったが、潔癖症というわけではないのでそう気にはならない。それが得体の知れない奇妙な謎の液体なら話は別だが。

「あなたは野生児ですか」

その荒っぽい食い付き具合に呆れたのか、カイゼまでもがハンカチのような白いいいものか迷っていると、カイゼが再び手を出したので暁月がそれを渡すと、途端に消えた。

「ほえ？」

布を差し出してくれる。ありがたく頂戴して口と手を拭い、それをそのまま返して

てっきり受け取ってどこかに収納するのかと思えば、カイゼはそれを消してしまった。ゲルトを使えば、今のこの世界にいる暁月にだって無から有を生むことはできるが、それを消す方法はわからない。

「ねーねー、今のも何かすごい能力？」

当然ながら由岐人が黙っているはずもなく、目を輝かせてカイゼに問う。

「ええ、思念で消します。この世界でなら、あなた方でもできますよ。ですから、ここにはゴミがないでしょう？　片付いているのは、生み出した後に不要になったものを消すことで、再びゲルトに還元させているのです。まぁ私の場合はプラスにもマイナスにもなりませんが」

「待って、じゃあ俺に消させて欲しかった！　俺の減った分を取り戻したかった！」

切実な声で言う暁月に、カイゼはにべもなく「無理です」と言う。

「あなたから私が受け取った時点で、それは私のものになります。ですから、それを消せるのは私だけです。あなたがゲルトを増やしたいなら、その辺りにある雑草

を抜くなり、落ちているゴミを拾って消すなりしてください。まぁ大抵は自分で出して自分で消しますから、ゴミなど落ちてはいないでしょうけれど」

「草はもう抜かない。絶対減らされそうだし」

「あはは、あんたくじ運悪いもんねぇ。ラッキーな割に、欲を出すとダメなのよね。まぁそれってだいたいみんなそうだけどさ」

前日の夜に学んだらしく、暁月は二度と草は抜くまいと決めていた。確かに周囲を見渡しても草原が広がるばかりで、ゴミなどまったくない。市街地にでも行けば、これほどにまったくないこともないのかも知れないが、自分たちがこの森から出られず、そして入ってくる者もまずいないと言う以上、探したところでゴミがあるはずもない。

「まぁいい。せっかくだから寝る。トマトとハンカチはどうも。あー、寝れる気しねぇ」

ぶつぶつと言いながら昨夜のように背の高い草を分け入っていき、早々に暁月は姿を消した。

「……ふて寝じゃ、きっとすぐ起きちゃうだろうねー」

「そうですね。あいつ、寝入りはいいし、一旦寝たら起きない代わりに、寝ない時はとことん寝ないから」

「極端ですね」

「そうなのよ。そう言う私も、寝たら起きないってよく言われるけど」

確かに、昨夜カイゼが抜け出した形のままの腕で眠っていた姿を見ていただけに、いかに眠りが深いのかはよくわかった。逆に言えば、あれだけよく眠っていながらも、カイゼの分の隙間を保持していたことの方が驚きだ。

「じゃあ、女子トークの邪魔しちゃ悪いから、僕も早めに寝ちゃおうかなぁ」

由岐人もそう言って立ち上がったが、昨日とは逆に歩き出す。暁月と同じ方へ。

「あれ？　由岐人さん、今日はそっちですか？」

「ふふっ、せっかくだから弟くんの寝顔見に行こうと思ってー」

「なるほど。じゃあいつもは部屋に鍵かけられてるんですか？」

「ううん、部屋に鍵はないけど、やっぱり僕の方が後からあの家に住まわせてもらってるわけだし、勝手には入れないからね。弟くんのプライベートルームでもあるし。でもここは一応ただの森の中。誰かの所有物でもないでしょ？　まぁ、僕のものでもないけど」

ははは、と笑ってそのまま由岐人は草を分け入って行った。そこでカイゼはハッとし、「残された！」と思ったが既に遅い。「わーい！」という声よりも早く、彩葉の胸元に再び引き寄せられる。

ここがもう少し豊かならカイゼも快適だったのかも知れないが、まぁ全体的にスリムな体型の彩葉なので、胸だけがやたらに大きいのもそれはそれでバランスはあまりよくはない。カイゼ自身も体型は六歳児なので、まさかグラマーなわけでもない。ましてや母性を求めているわけでもないので、彩葉の胸が多少標準よりなだらかでも、問題があるわけでもなかった。なのでおとなしくしている。

「今日はちゃんとおしゃべりしようねぇ。昨日は暁月のバカのせいで、早々に寝かしつけられちゃったもんなぁ」

「……あ、はは……」

興味本位でやってみたら案外効果があって驚いたが、まぁどうせ眠るつもりもなかったし、今夜は少しくらい付き合ってもいいか、とも思う。割と今回の〈候補者〉とそれに引き寄せられた者は悪くない。

「あれ？　しかし先程お兄さまが、作戦会議をすると言って食事にしたのでは？」

「あー、あんなの冗談だよ。食べるって言い出したのはそもそも暁月だし、作戦も何も、だいたい由岐人さんはその場の対応を何パターンも持ってるのよ、いつも。それにたいていどれかは絶対ヒットするから、要するに絶対最後には成功するの。学者肌だからなのか、わざと無理めな方から攻めるんだよね。わかってて失敗して、そこから学んで修正点を見つけて次に活かす。それの繰り返し。まぁ、口で言うほど簡単なことじゃないんだけど」

　確かにカイゼにも理解できる。しかし、どちらかと言えば無駄は省く方が効率がいいと思うし、わかっていてわざと失敗を経験するという気持ちが理解できない。そもそも、あの男なら一人でも十分最短距離ですべてを丸く収めてしまえるだろうにとすら思う。

「そういうのが好きなんだよ。それに、いろいろ経験したいっていう欲求も強いみたいだよ。いくら次男とは言っても、家の仕事もあるし、自分の研究もあるし、大好きな聡子さんとの時間も必要だし、暁月にも構いたいし。でもどれも全部やっちゃうんだよね。もちろん、効率とか優先順位が明確だからできるんだろうけど、由岐人さんの中ではまだまだ自分のやりたいことの一割もできてないんじゃないかなぁ？」

「そんなにですか？」

「意外と貪欲なんだよ。全然そう見えないし、見せてないけどね。私は小さい頃からよく構ってもらってたから、多少わかる気がするだけ。絶対そうだとは言い切れないけど、私はそう感じてる」

　昨夜少し話したから、カイゼもまったく違うとは思わない。ただ不思議なのは、何故あの男は素の自分を出さないのかということだ。別に性格は悪くはないし、穏やかなのには変わりはない。わざわざ軽率な話し方をしなくても、誰にも警戒されるような悪どい顔つきでもないし、笑顔なのは悪いことではないが、それを決して絶やさないのも不自然過ぎると思う。

家柄がたいそういいらしいので、その辺りが原因なのかとも考えるが、そもそも価値観の違う世界に住む関係だし、三日間だけの短い付き合いだ。そこまで深く干渉するのも無粋だし、関わったところでどうなるでもない。だから敢えて訊かなかった。

「カイゼちゃん、眠くなったら言ってね。それまでいろいろ話そうよ」

「いいですよ」

まぁ、考えても仕方のないことは、無視するに限る。

「何だよ、眠らせたくてトマトくれたんじゃなかったたっけ？」

「んー？　そうだけど。たまにはいいじゃない。普段はすぐ自分の部屋にこもっちゃうし、あんまりおしゃべりできなくてお兄ちゃん淋しくて」

「だからお前は俺のお兄ちゃんじゃないっての」

「どこに行ったところで冷たいなぁ。ま、そういうところが可愛いんだけどねー」

断りもなく由岐人は、仰向けに寝転んでいる暁月の隣に座る。別に文句も出なかったので、空を仰いで同じ景色を見た。

「星一つないんだね。キレイな濃紺ではあるけれど、じゃあここは地球ですらないっていうことなのかなぁ？　それとも、この森の中だけが特別なのか」

「どっちでもいい。どうせもう一回日が暮れたら終わりだ。目が醒めたら布団の中だろ」

「あらら。弟くんが勇者なのにー。僕が賢者で、アヤちゃんが戦士、カイゼちゃんは魔法使いってとこかな」

「俺は勇者に憧れはない。そもそもゲームもあんまりしたことないし、あのクソガキにゲームで挑んだって勝てる気がしない」

「でも、どんなのだろうねー。ゲームの世界に入り込む感覚って。ＶＲは体験したし、ソフトの開発もしてるけど、僕自身もあんまり興味がないからそう詳しくはないんだよね。さらにその進化系となると、きっと学校とかも行く必要はなくて、みんな別々に家にいながらにして授業を受けたりしてるのかな。それもちょっと、淋しい気がするけど」

「自分の部屋から出れないような奴からすれば、画期的な発明なんじゃやねぇの？不登校でも授業を受けられるし、イジメに遭う心配もない」

「なくはないんだろうけど、物理的に肉体的な傷を負うリスクは減るだろうね。けどその分、メンタルの損耗が激しそう。実際、あの子もそんな感じだったでしょ」

「個人差だろ」

暁月の返答は素っ気ない。それでも嫌がらずに隣にいてくれるのなら、由岐人は自分から立ち去る理由などなかった。

「気になるんでしょ？」

「別に」

何が、と訊かないので、由岐人は「やっぱり気になってるじゃない」という言葉をかろうじて飲み込む。

無駄に優しいというのは、言葉通りの意味だ。ただ優しいだけならまだしも、暁月は一度気に掛けてしまうと、自分でも困るほどにそれを解消したくなる。相手のためというわけではなく、それを解決しなければ自分がモヤモヤして気持ちが悪いので、結局収めてしまうのだ。

通常、見返りも求められず、恩着せがましくされるでもなく、普通に優しくされて不快に思う人間はあまりいないはずだ。暁月もよく感謝されるが、自分では自分のモヤモヤを晴らしたいだけのためにした行為が、たまたま相手も救っていたというだけの認識なので、礼など言われるとかえって申し訳ない気持ちにすらなる。

「こんなキレイな空の色、聡子さんにも見せてあげたかったなぁ」

「あんまり姉ちゃんのこと考えるなよ。こっちに来たらどうすんだよ」

「えー？　それは大丈夫でしょ？　そもそもの中心は弟くんなんだから、きみが来て欲しいと心から願っていないなら平気だよ」

「絶対来て欲しくない。別に何も危険はないみたいだけど、姉ちゃんは俺たちがこっちで三日も無駄な時間を過ごしてる間、ゆっくり寝ててくれたらいい」

「そうだね」

左手を空に掲げて、せめて薬指に光るプラチナの結婚指輪に見せてやろうとでも思ったのか、由岐人は月も星もない濃紺の空を仰ぐ。電線も蛍光灯も高層ビルもない。その代わり、鳥の鳴き声すらしない。美しいけれど淋しい夜だ。

「……俺、前から不思議に思ってたんだけど」

愛おしそうに指輪を撫でる由岐人に、横たわったままの暁月がぼそりと言う。

「んー？　何なに？　弟くんが僕に興味持ってくれるなら、何でも話すよ？」

「いや別に、お前に興味があるわけじゃない。その指輪って、仕事ン時に薬品とかで溶けたりしねぇの？」

「僕の聡子さんへの愛が、たかが薬剤に負けるとでも？」

「曲解するな。普通に言葉通りの疑問に答えをくれ」

案外本気でムスッとした声の由岐人に驚きつつ、冗談ということにしておく。

「プラチナは永遠を意味するくらいだからね。もちろん気を付けてはいるけど、酸でもアルカリでも、大抵の薬剤程度じゃ、まず溶けない。王水なら溶かせるけど、その前に僕の手が危ないし。高熱にも強いから、たとえ火事で家が全焼したって、プラチナのアクセサリーだけが残ることもあるくらいだよ」

「――マジかよ。何かすげぇな」

「でしょ？　金の延べ棒は火事で溶けるけど、プラチナの指輪は溶けないとか、面白いよね。耐熱性金庫をプラチナにすればいいんだけど、それだと金庫そのものに価値が付くから、金庫の意味を成さないっていう困ったことになるんだよね。プラチナの金庫を入れる金庫を買う人なんかたくさん出てきそうだし」

「金庫屋が儲かって仕方ないな」

「金庫屋って……」

他愛ない話だが、こんなふうに話せるのは自然の中という開放感のある場所にいるからだろうか。最終的に由岐人が聡子と結婚できて、更には家に転がり込むことも許されたのは、暁月が高校進学に際して「俺も大人になる」と言って許可してくれたおかげだ。長らく暁月にさまざまなアプローチをかけてきたが、軽くあしらわれたり無視されるだけだった。せめて文句でも言ってくれれば会話も成立するのに、相手にしてくれなければどうしようもない。

「他にはー？　何でもお兄ちゃん答えちゃうよー」

「別にない。話は終わりだ」

「えー？　もっと話そうよ。家じゃなかなか会話してくれないし、時間も食事時くらいしか合わないんだもん。聡子さんが心配してたよ」

「え？　マジで？　何で？」

「そりゃ、自分が僕を連れてきたせいで、弟くんが何か我慢してるんじゃないかって心配するからでしょ」

「えええ!?　全然そんなんじゃないのに！　帰ったら真っ先に説明しないと」

「だから会話のキャッチボールしようよー」

「お前のはキャッチボールじゃなくて、一方的に話したいことをぶつけてくるだけのドッジボールじゃねぇか。俺はかわしたいんだ」

「じゃあロックオン式にしよう。逃げられないように」

「振り切る！」

「じゃあその間に聡子さんがどうなっても？」

「うっわ！　最悪！　卑怯者！」

「いやいや、あの僕、一応聡子さんの夫ね。何かストーカーとか変質者みたいな言い方しないでよー」

「じゃあ人の姉を人質に取るような発言をするな」

「ごもっとも」

何だかんだで付き合ってしまうのは、視界を遮るもののない空のせいだろうかと、暁月は非日常な世界ではなく、非日常な気分になっている自分に言い訳をする。

「あの子さ」

隣で由岐人が、普段と変わらない声で言う。

「ずっと腕組みしてたでしょ？」

「ああ、何か偉そうだなぁとは思ってた。まぁ、そういう癖の奴ってよくいるけど」

「気付いてたんだ、やっぱり。あれねー、不安な時なんかに自分を守りたいっていう心理から来るものなんだよ。他人に近付いて欲しくないっていう気持ちの表れで、他人に弱みを見せたくない子供に多く見られる傾向にあるの」

「何でそんなこと知ってんだ？」

「むしろ弟くんはどうして知らないの？　忘れてるの？　一応僕、院卒の天才なんで。勉強は一通りしてます。専門外ではあるけど、興味はあったから心理学もやったよ。何なら弟くんの性格分析もしようか？」

「いらん！」

「わー、拗ね顔が相変わらず可愛い♪それは僕を尊敬してる時の顔だね」

「激し過ぎる都合のいい勘違いだな」

「強がっちゃってー」

「一回死ね」

「聡子さんのためならね。いつでもいいよ」

冗談の応酬だったはずが、ふと声に真剣味が宿ったので息を飲んでしまう。

多分、こいつは本当に死ぬ、と暁月は思った。自分が死ねと言ったからというのではなく、姉がそう望んだとしたら。もしくは姉を守るためなら。惜しげもなく由岐人は、自分の命など簡単に投げ出すだろう。

「バカか。マジで死んでどうすんだ。お前が姉ちゃんを守るんじゃねぇのかよ」

思わず暁月は本気で言ってしまって後悔する。揚げ足を取られると思ったのだ。

しかし、返ってきた言葉は逆だった。

「その時は、弟くんが後を引き継いでくれるでしょ。別に結婚してなくたって、聡子さんを守る権利はあるんだから。家族なんだしね」

「……」

咄嗟には何も言い返せなかった。ただ「僕は死なないよ」と言ってくれればよかったのに、後を託されても困る。自分は義兄ほど有能ではないし、心が強くもない。まだ自分で金を稼ぐことすらできない、結婚できる年齢にすら至っていない、ただの子供だ。ついでに言えば、その義兄に養われている身でもある。死なれたらいろいろ困る。

「……縁起でもないことを言うな。そういうのを死亡フラグっていうんだよ」

「あはは、じゃあ大丈夫だね。ラッキーマンの弟くんがいるから、一緒にいたら最強の盾があるようなものだし。僕は攻撃に徹することができるから、負ける気がしない」

「そりゃそうだろ」

ぶすっと言って、暁月はそのまま由岐人と反対の方向を向いて寝返った。顔を見られたくない。あまり表情が変わる方ではないが、さすがにこの天才学者はすべてを見抜く目を持っている。暁月のことなど、顔どころか背中を見ただけでだいたい何を考えているのか予想が付くだろう。それはわかっていても、やっぱり顔よりは背を向けた方がまだ言い訳になる気がする。

「頼ってくれるんだ？　僕のこと」

「……能力だけはちゃんと認めてる。姉一応ちゃんが惚れてるんだからな。俺を育てるためとはいっても、金に目がくらむような人間じゃないし、そもそも姉ちゃんは自分で稼げるし、お前の家を頼るつもりで無理に結婚したとは思ってない」

「そ。いい子だね、やっぱり」

「やっぱりって何だよ」

「思った通りってことだよ」

「思った以上じゃないのか？」

「んー？　だって僕、弟くんのことは相当高く見積もってるからねー。思った以上となると、ものすごくハードル上がるよ？」

「お前は俺で何をしようとしてるんだよ。マジで怖いわ」

「えー？　ただ可愛い弟ができて喜んでるだけだよー。純粋な愛情だよ。純粋すぎて見えないだけだよ」

「じゃあ一生見せないでくれ。もう寝るから、お前も寝ろ」

「はーい。僕の身体の心配までしてくれるなんて、弟くんは優しいなー。結構僕のこと、嫌いじゃないんでしょ？」

「知らん」

その背中を見て、由岐人は嬉しそうに微笑んだ。

「じゃあ、可愛い弟くんのために頑張るよ。ちゃんと寝ないと頭の回転も鈍るしね。そもそも、本来は寝てるはずの時間だからなぁ」

由岐人が立ち上がった気配がしたが、暁月は振り返らない。

「おやすみ。僕が聡子さんを守るのは当然だけど、弟くんを気に入ってるのは別に、聡子さんの弟だからっていうだけじゃないからね。見知らぬ他人として出会ったとしても、やっぱり僕はきみに一目置いてると思うよ」

「……」

返答はなくて当然だと思っていたのか、言いたいことだけを言って由岐人が草を踏む足音が遠ざかっていく。

「……やっぱりドッジボールじゃやねぇかよ……」

小さく呟いて、無理に目を閉じた。

5

特に何をしようと決めていたわけでもないので、日が昇っても誰も行動を起こそうとはしなかった。暁月が何もしないのはいつも変わらないが、彩葉と由岐人までもがおとなしいのは珍しい。おとなしいとは言えども、口だけはやかましく二人だけとは思えない賑やかさを発信してはいるが。

「もー！　お前らうるせぇからどっか行ってしゃべってろよ。何かあっちの方に小川みたいなのあっただろ」

「あー、昨日弟くんが臭い消しの野草を探してた辺りだねー」

「ああ、そう言えば昨日の朝も何かやらかしたんだっけ？　由岐人さん、私もそこに連れて行ってもらっていいですか？　面白そう」

「いいよー、すぐそこ。おいでー」

暁月に嫌な思い出を想起させたまま、二人は楽しげに歩いていった。由岐人の言うように、すぐそこではあるが、話し声までが聞こえる距離ではない。何かしているな、という様子が窺える程度だ。

「おい」

おもむろに暁月はカイゼを呼んだ。

「はい？」

まるで人払いのような気がしたが、しかしまさか暁月があの二人を追い払う必要もないと考えて、カイゼは普通に返答した。

「ここって、別に何も危険はないって言ってたよな？」

「ええ、動物もいませんし、誰かが侵入することもまずないでしょう」

「じゃああいつら、しばらく放置しといても大丈夫ってことだよな？」

「それは、どういう意味で……？」

「お前が俺としばらくここを離れても大丈夫だろってという確認」

どこかへ行くつもりなのか、という気持ちと、それに何故自分が付き添いを？　という疑問が交錯する。

「ええ、問題はないですが」

「じゃ、俺を連れて行け」

「は？」

すぐには意味を掴み損ねたカイゼは、首を傾げて本気で疑問顔をする。

「俺を連れて、王様のとこに行くんだよ。場所はあいつから見えないとこがいい。気付かれたくない」

「覗き、ですか？」

「人聞きの悪いことを言うな。ちょっとした確認だ」

「しかし、現王には知られたくない、と？」

「そういうこと。ついでに言うと、あいつらにも知られないうちに戻りたい。ちょっと見るだけだし、時間は掛からないから、取り敢えず連れて行け」

命令口調ではあるものの、何故かそこには拒否権はあるような含みがある。「別に嫌なら無理にとは言わないけど」と聞こえる気さえする。これまでのどの〈候補者〉よりも長く接し過ぎているせいだろうか。

「まぁ、構いませんが。では、手を」

差し出された小さな手を握り、暁月は呼吸を整える。

「では、行きますよ？」

「了解」

ふ、と二人だけがその場から消える。


ちょうど柱の影に位置する場所に着くことができたのは、あの二人からの余計な思念の干渉がなかったおかげだろうか。暁月とカイゼは、昨日とは正反対に位置する現王アサナが横になっている、くすんだラベンダー色のソファーベッドの真裏の太い柱の後ろにいた。

しかしさすがに王の守護も兼ねた側仕えで、しかも王族直系子孫というほぼ万能に近い能力を持っているせいか、王とも自分たちとも離れた場所で気配を消して佇んでいたティエナが静かに視線を送ってきた。カイゼも見つかることは想定済みだったらしく、すぐさま人差し指を立てて口元に当て、相手も黙礼で応えた。

「……空腹感などはございませんか？」

普段と変わらないような様子で、ティエナがさりげなくアサナに声を掛けた。そういう習慣なのか、カイゼと意思疎通の上での行動なのかは、暁月にはわからない。が、動いてくれるならその方が都合がいい。黙って寝転んでゲームをしている姿を拝みに来たわけではないのだ。

「別に。もともとろくに食わせてもらえない環境だったから、忘れた頃に腹が減る程度だって言っただろ。そもそも、こんなとこで何もしてないのに腹が減るかよ」

相変わらずゲームをしているようで、ソファーベッドに横たわったまま一点を見つめて言葉だけを返すアサナ。

「そうですか。何かご入用なものなどはございませんか？」

「ない」

「昨日は大変な涙を流されましたし、目元の腫れがまだ癒えていないようですが」

「うるせーな。昨日はたまたま混乱しただけだ。別に理由があって泣いたわけじゃねーよ」

「ですが、そのお顔をまた見られてしまうのは少々抵抗があるのでは？」

「……どうやったら消える？」

図星を突かれたのか、アサナは少し顔を上げてティエナを見た。あちらからは見えないだろうが、暁月からはその顔が丸見えだ。明らかに泣き腫らした目をしている。擦り過ぎたのか、真っ赤で痛々しくさえある。一体どれだけ泣いたらそうなるのかというほどに。

「では、これを」

ティエナは自分の両手を胸の高さに上げると、その上にふわりと湿った草が乗った。

「鎮静作用のある薬草です。冷やしてありますので、腫れも引くでしょう。ただ、少ししみるとは思います。ご了承を」

静かにティエナがアサナに歩み寄り、丁寧にその目元に薬草を当てた。「てっ」とアサナが声を上げたが、すぐに口唇を噛んで耐える。案外しみているのだろう。側仕えの女性にすら強がる姿は、子供の不器用さが見え見えだ。

「いかがですか？」

「……だいぶマシ、っぽい」

「それはよかったです」

何度か新しい薬草に交換しながらティエナはアサナの目元を冷やし、それを終えて「失礼いたします」と下がった時は、嘘のように腫れが引いていた。アサナも自分の目元に手を当て、痛くないことを確認しているようだ。

「治った」

「何よりです」

その後はまたゲーム機に目を落とし、何も言わなくなって沈黙だけが流れる。もとの立ち位置に戻ったティエナはカイゼに視線をやり、二度の瞬きをした。カイゼも一度頷く。そして暁月を見上げた。静かに頷いて目を伏せる。次に目を開けた時は、またもとの森に戻っていた。彩葉と由岐人の姿は見えるところにあったので、確実に同じ場所だとわかって安心したが、心の中ではさまざまな感情が渦巻いていた。

「……」

ようやく暁月を理解し始めたカイゼは、敢えて何も言わない。ただ、静かに見守ることしか、今はできそうになかった。

遡ること数分前。

「行ったね」

「ホントだ。由岐人さんすごい！　何の予知？　どうしてわかったの？」

暁月とカイゼが消える瞬間を視界の端で捉えた二人は、小川と呼ぶには頼りなさすぎる細い水が流れる場所で身を潜めていた。

「んー？　僕の愛で、弟くんの行動パターンはだいたい読めるよ。アヤちゃんも、そこそこ予想はしてたでしょ？　だから離れるようにこっちに来たんだし」

「まぁ、一人になりたそうだなぁとは思ってましたけど。あいつがわかりやすくどっか行けオーラ発信してたから、じゃあそれでもいいかなって思って」

彩葉と由岐人の方が、実は一枚上手だった。暁月の行動は既に義兄によって予測されていて、由岐人の意志は彩葉と疎通しやすい相性のようだ。二人とも同様に、長く暁月を見てきた立場でもある。

「素直に『ちょっと行ってくる』って言えばいいのに」

「あはは、心配かけたくなかったんでしょ」

「邪魔だと思われてるだけかも知れないですよ？」

「まぁ、僕たちが一緒だと、ついはしゃいじゃうからねー。事実だから仕方ないか」

「うーん、確かに反論できないなぁ」

あくまでのんびりとやりとりする二人の間には、緊張感などまったくない。暁月に万一のことがあったら、などとは考えていないし、別に見放しているわけでもない。むしろ期待している。どのような収穫を持ち帰ってくれるのか、という的確な期待。

「昨日の夜にねー、少しだけど、弟くんと話ができたんだよね。もー、可愛くって仕方なかったよー。一生心に刻んでおく」

「わぁ、よっぽどレアだったたんですか？　まぁ、あいつあんまり由岐人さんとはまともに話してくれないですしね。恥ずかしいくらいのシスコンだから、仕方ないのはわかるけど、いい加減姉離れしたらいいのに。自分のせいで聡子さんが結婚し損ねることになるよりいいと思うけどなぁ。その時になって後悔しても遅いんだから」

「女性的な目線だね。まぁ、男はいくつになっても結婚できるけど、女性はやっぱり周りからいろいろ言われるだろうしねー。高校入学を期に、やっと気持ちを切り替えてくれたんだから、聡子さんがちゃんと育ててきたってことでしょ」

「由岐人さんも、結局最後は聡子さんに収束するんですよね。いいなぁ、あんな女性。私も昔っから憧れてたけど、そもそも性格のベースが違い過ぎて無理だってわかっちゃった」

「アヤちゃんはアヤちゃんのいいところがいっぱいあるじゃない。むしろ、聡子さんみたいな素敵な女性が増えたら僕が困る」

「あ、私に惚れるかもだからですか？」

「あはは―、そうなったら僕、完全に弟くんに抹殺されるよね。で、アヤちゃんは償いとして、僕の死体の処理とか押し付けられるんじゃないかな」

「わぁ、結構リアルに想像できるから怖い！　しかもあいつならやりかねないからフォローもできない」

案外リアリティのある、しかも穏やかでない話題ですら、二人は楽しそうに話す。共通している認識は「生きてるなら楽しまないと損でしょ」ということだ。

暁月と聡子が幼くして両親を亡くしても、不幸を嘆くわけでも事故を招いた相手を責めるでもなく、ただ自分たちが平穏に生きることを通してきたのを間近で見ていたせいだろうか。何不自由なく育った裕福で円満な家庭があって、他にまだ何を求める必要があるだろう。命があるだけで十分だし、せっかく与えられた命なら、それが尽きるまでは幸せになる努力をしたい。不幸を嘆くより、小さな幸せをいくつも見るける方がずっと楽しい。言葉を使わずに、それを教えられた。

「わ、もう帰ってきた！　はっや。ホントにちゃんと収穫あったのかな？」

ものの数分で戻ってきた暁月とカイゼの姿を見て、二人は慌てて背を向ける。少し見えた暁月の表情から、由岐人は思った以上の収穫を得たと確信していた。

「大丈夫だよ。しばらく経ったら戻ろうか。今はまだ、ちょっと思考中みたいだし」

「あんまり放置すると、逆にあいつがキレるしなぁ。自分からどっか行けとか言っておいて、多分ずっとここにいると『いつまでも何してんだよ!?』とか文句言ってきそう」

「あははー、アヤちゃんもよくわかってるじゃない」

「だってこれまで散々あいつの理不尽に付き合ってきましたもん。まぁ、最終的に間違ってないから、いまだに付き合いがあるわけなんだけど」

「不思議だよね、弟くんって。弱さは見えないのに助けてあげたくなるし、口は悪いのに何を言われても嫌な気分にはならない。才能かなー？」

「それは暁月が聡子さんの弟だからじゃないんですか？」

「ううん、それだけじゃないよ。僕は聡子さんを愛してるから、その家族なら当然可愛がってあげないとって最初は思ってたけど、そこそこ話ができるくらいの年齢になった時にわかったんだ。僕は弟くんが聡子さんの血縁だったとしても、あの子じゃなかったらここまで好きじゃなかっただろうし、信頼もできてないと思う」

「由岐人さんがそこまで言うなら、やっぱりあいつは生まれ持ってのラッキーマンなのかなぁ」

言ってから、「あ、違う」と彩葉は即訂正する。

「生まれた時は違うか。二歳で両親を亡くしちゃってるもんね。全然ラッキーじゃないわ。でもその後を何だかんだでうまく切り抜けて生き延びてるのは、じゃあ亡くなったご両親のご加護とかかなぁ？」

「そうかも知れないねー。素敵なご両親だったし」

「あれ？　由岐人さん、知ってるんですか？　あの事故って確かまだ、聡子さんが中学生の時だから、同い年の由岐人さんも中学生でしょ？　まだ出会ってなくないです？」

もともと聡明な彩葉は、即座に由岐人の呟きに反応した。気が緩んでいたのか、うっかり利発な少女の前でこぼしてしまった隠すべき事実に、由岐人は両手で口を塞いでブンブンと首を横に振る。

「あーれー？　珍しく由岐人さんが失言した。気になるなぁ」

すっかり悪どい女子高生に成長した彩葉は、父親が世話になって頭が上がらないはずの桐来家の次男にも、まったく物怖じしない。

「おい、お前らいつまでも何してんだよ!?」

気付けば暁月が背後に立っていて、何か悪戯っ子のようなふざけ合いをしているようにしか見えない二人に、彩葉が想像した通りの言葉を投げた。

「うわ、いつの間に。っていうか、ホントにそれ言われるとかびっくりした」

「何の話だよ。まぁいいから、ちょっと戻って来い。話がある」

彩葉が由岐人を見ると、助かった、という顔は見せないように気遣いながら、親指を立てて頷いた。彩葉も特にこだわっていたわけでもないようで、すぐに真顔に戻って暁月の後ろに続き、由岐人もついて行く。カイゼはおとなしく草原に座ってこちらを見ていて、またその人形のような愛らしさに彩葉のスイッチが入り、即座に駆け寄って隣に陣取って、むぎゅうと抱きしめる。

もうすっかり慣れたカイゼは、スイッチのタイミングはまだ掴めないものの、抱き締められることに異論はない。痛くはないし、優しくて温かい。彩葉からは邪気などまったく感じられないので、おとなしく抱かれているだけなら特に問題もなかった。

「さて……まぁどうせお前らなら予想はついてるんだろうけど。ちょっと見に行ってきた」

　特に隠すつもりはなかったらしく、暁月は単刀直入に言った。あまりの呆気なさに、さすがに彩葉は驚く。

「何だ、わかってたの？」

「わかってはいないけど、想像はしてた」

「そういうのは適当に、『わかってたよ』ってカッコつけとけばいいのに」

「お前にカッコつけたところで仕方ないだろ」

「そりゃそうだけど」

　むしろカイゼも驚いた。暁月があっさりと二人に話したこともそうだが、本当に彼は自分を飾らないし、偽らない。裏表がなく、見た目はどう贔屓目で見積もっても、だらけて面倒臭そうな無気力の権化のようにしか見えないのに、頭の中ではいろいろと考えてはいるようだし、行動すると決めると早い。

「ほんのちょっと見に行っただけだけど、昨日のあの秘書みたいな人が、すごい気を利かせてくれた」

「ティエナです」

　一応、カイゼが添えておく。内心はまだ動揺が収まってはいないが、さすがに王族の貫禄は忘れない。

「理由は知らないけど、昨日はすげぇ泣いたらしい。顔はちょっと見えたけど、滅茶苦茶目ェ腫れてたし、真っ赤になってた。相変わらず強がりなクソガキだったけど、まぁその人に治してもらってた」

「へぇ、一応面倒は見てもらうんだね」

彩葉にしても意外だったのか、「可愛いな」と呟きながらカイゼを更に抱きしめる。本当に可愛いものが好きらしい。しかし、何のどの辺りがその「可愛い」にツボるのかまではまだ理解できない。

「結局は淋しいに全振りだろ？　親に見捨てられたクソガキが意気揚々と違う世界に来て王様にはなってみたものの、やっぱり物足りない。満たされない。そんだけだ」

「わからないでもないけどねー。弟くんも、あれくらいの年頃の時はもっと聞き分けなかったし」

「俺が聞き分けるのは姉ちゃんだけだ。断じてクソ兄ではない」

「やーねー」

由岐人は相変わらずの暴言を軽くあしらい、「それで？」と真顔になる。

「俺は情報を持って帰ってきた。後はお前らだ。俺は一緒にいるだけだって何度も言ってるだろ？　もう家に帰るまで何もしない。疲れる」

「だろうねー。弟くんは本当にもう、これ以上あの子には関わらない方がいいと僕も思うよ。とは言え、もうかなり引っ張られちゃってるけど」

由岐人は手遅れだと言わんばかりに残念そうだったが、ある程度の予測もしていたので、後は自分がどうにかするしかないとも考えてはいた。弟を無事に連れて帰るのが、今の自分に課せられた最重要課題なのだから。〈愛する妻の弟〉としてではなく、〈自分の大切な弟くん〉を、だ。

「いいよ、任せて。後は私と由岐人さんで考えて動く。あんたはせいぜいラッキーマンぶりを発揮してくれればいい。お守りみたいなもんなんだから、肝心なところではちゃんと機能してよね」

「大丈夫だろ。ちなみに俺は自分のラッキーマンぶりは自負してるけど、その発揮具合やタイミングまではコントロールできないからな。その辺は運と同じだから、まぁ頑張ってくれ」

「はいよー」

何故その返事と同時にカイゼが頬ずりされるのかがまったく理解できなかったが、何となくカイゼは希望を膨らませた。現王が交代できれば、血縁者であるティエナの苦労も減らしてやれる。

基本的には王が変わる度に、その者と相性が良さそうな王族が側仕えとして選ばれていたが、大抵はそう長い時間も経たないうちに玉座に着く者が変わるため、側仕えとしての職務もそう長く続けなければならないものではなかった。だが、現王になってからは三年という、かつてない長期間に渡って側仕えをしなければならなくなってしまい、たまたまその職務に当たったのが、カイゼとは血縁者の中でも比較的親しい間柄であるティエナだった。

王が自ら側仕えの者を気に入らず、別の者に交代させろと命じたならば、他にその職務を受け持てる王族の血縁者はいくらでもいた。しかし、現王は特に何も言わず、相手もしない代わりに、側仕えの者を邪魔にしたりはしなかった。自分を中心にしたある一定の範囲内に近付くことは嫌ったらしいが、それさえ守れば特別わがままを言うわけでもない。むしろやりやすい相手に当たった方だと、ティエナは言っていた。

それが本心なのか遠慮が含まれているのかはわからないが、さすがに相手がどうであれ、王の側仕えという職務を長期間続けるのは容易なことではないはずだ。先程見た限りでは、確かに現王はティエナにはそれなりに気を許しているようには見えた。一定の範囲内に近付かれたくないと言う割には、薬草を直接肌に触れさせるほどに近付いている。手荒な扱いを受けていないのなら、まだ問題ないだろう。

それでも。

現王さえ、自ら玉座から下りたいのにそれができない不器用な子供で。王制がなくなった世界で、飾りの王に意味などないのに、そこにいるしかできないのはやはり退屈だし、淋しい気持ちもわからなくはない。世界の理のせいで、基本的には自由はあるとは言え、街に出ることも、側仕えの者以外の誰かと関わることもできないのは、きっと窮屈なのだろう。

これまでの王も、そうやってすぐに音を上げて次を探せと命じられた。玉座に着く者は次々と変わった。それでも世界は何も変わらない。本当に玉座に座る者がいなければ世界は崩壊するのだろうか？　カイゼは何度も不思議には思ったが、万一事実であった場合を考えれば、簡単に試すこともできない。王族は与えられた職務をまっとうするのみ。能力がいくら万能に近いとはいえども、世界の理を覆せるものではない。それなら無力であるのとそう変わらないとさえ思う。

ただ――そんなことは、誰にも言えなかった。自分の考え方は、かつての異端の王と同じなのかも知れない。他の王族は粛々と自分に与えられた職務をこなすのみ。文句を言うわけでもなく、疑問を呈す者もいない。ならば自分が異端者なのか？

「ほれ、幼女殿！」

ガクガクと彩葉に身体を揺さぶられ、思いがけず自分が深く内部に落ち込んでいたことに気付く。他者がいる時にはそうならないように気を付けていたのに、今回の〈候補者〉たちはイレギュラー過ぎる。あらゆる意味において。

「は、はい？」

努めて冷静にカイゼは返すが、何分身体を揺らされているのでガタガタする。

「チョコレート。ハイカカオの。食べたことあるかな？　昨日の残りで悪いけど、私も一緒に食べるからさ」

彩葉が小さな薄い板状のチョコレートを手のひらに乗せてくれる。カイゼが知っているチョコレートとは少し違う匂い。見ると彩葉は既に口に入れていて、ガリゴリと音をたてていた。こちらもチョコレートは噛み砕いて食べる派だ。

「ありがとうございます。いただきます」

この世界で具現化させたものとはいえ、パッケージごと出現させるくらいだから、味も同様に別の世界のものなのだろう。害が出るわけではないが、さすがに初めて口にするものには慎重にはなる。ハイカカオチョコレートの概念は理解しているが、実際に食べたことはないのだから。

「……」

食べながら話すのは品がないから、とか、そんな立派な理由ではなく。ただただ、苦い。しかし一度口に入れたものを吐き出すのは、親切心でくれた彩葉にも、食べたものにも失礼だ。彩葉のように噛み砕けば多少は早く喉を通せるが、王族としての品位が食事中に音をたてるという行為を許容しない。口の中で静かに溶かして味わうしかない。苦々しい成分を、もう十分わかったから、と言いたいほどに実感しつつも。

「あらら、苦かった？　カイゼちゃん大人っぽいから、見た目よりは大丈夫かと思ったんだけど」

「ふん、所詮幼女だってことだろ」

カイゼは激しく首を横に振って否定する。まだ口の中に溶かしきれていないチョコレートが残っているので、声を出すことはできない。身体ではなく、倫理観がそれを許さない。

「あははー、多分食べたことなかったんだろうねー。チョコレートよりもっと効率的な栄養の摂取方法とかありそうだし。そもそも食事の回数が少なくても大丈夫なくらいだからね」

由岐人が笑ったので、彩葉も「そっかー」と快活に笑う。むしろ女性の彩葉の方が、笑い方が豪快だ。

ようやく苦い成分を飲み込んだカイゼは、無言で水のような透明な液体を出し、それを飲んで一息つく。身体に悪いわけではないものの、精神的には結構参った。

やはり別の世界の人間は、食べ物の価値観も美味しいと思える感性も違う。暁月が何度も失敗する理由がわかった気が、少しだけした。

　ふと、暁月はまだ明るい空を見上げる。時計がないので、精密な時間の感覚がわからないし、日が傾いてきたことでようやくその日の終わりを実感するほどなので、今からどれくらいの余裕があるのかを逆算するのは難しい。

「なぁ、今何時頃？」

「何時……と表現されると難しいのですが」

　言いながら、少しむせてカイゼは胸から下げたペンダント状の懐中時計のようなものを開く。彩葉が覗き込むが、細かい目盛りが刻まれていて、よくわからなかった。そもそも針が一本回っているだけだ。

「うーん？　これって一日分になる感じなのかな？」

　目盛りを数えたのか、自分が知っているアナログの時計とは読み方が違うにも関わらず、そう推測した。正解だ。

「はい。針が一周すれば一日です。あなた方に合わせてありますから、最初に〈プンクト〉である暁月さんがここに来た時が真上になります。こちらでは正午のようなものですね。今日日が暮れれば、次にこの針が真上を指した時、タンジェント・ポイントが離れますから、あなた方はもとの世界に戻るでしょう」

「へーえ。じゃあ今は……私たちの感覚的には夕方の四時とか、それくらいかも」

瞬時に読み取る能力。数字が好きとは言っていたが、その懐中時計のような装飾品には数字までは書かれていない。あくまで〈候補者〉に合わせたものなので、一般的に流通しているものではないし、この世界で必要とする者もいない。それを、別の世界の者が読み解くなど、あり得ない――はずだった。

「ふーん。カイゼちゃんの驚いた顔を見る限り、アヤちゃんの推測は正しそうだね」

カイゼは頷くしかなかった。彼らの体感までは知りようもないが、確かにピンポイントでそれくらいであることは確かだ。時間の流れ方が違う以上、そしてその本体ごとこちらの世界にいる以上、体内時計などというものはまったくアテにはならない。そうなると、彩葉は本当にその時計を見て読み解いた、ということにしかならない。不思議ではあるが、実際に直面した事実だ。認めるしかない。

「今が夕方の四時頃だとして。明日の正午には帰れるわけか。まぁその前にひと仕事あるけど、俺はもう関係ないし。時間もちょっと早送りってことだし。寝る」

「あれ？　暁月、夕飯は？」

「今はまだ腹が減ってないから、寝てしまうことにする。失敗を繰り返さないためには、失敗しそうな行動を避けるのが賢明だ」

「ほう、そう来たか。また慌てふためくの、見たかったのに」

「だから寝るんだよ」

不機嫌そうに言う暁月に、彩葉が楽しそうに「お腹空くよー？」などと挑発している。しかし暁月は頑として寝ることに決めたようで、「じゃあな」と言ってまたこの二日間と同じ方へ、背の高い草を分け入って行った。

「まぁいっか。由岐人さん、作戦会議っているかな？」

「大丈夫でしょ。僕もアヤちゃんも、練りに練って行動するより、行き当たりばったりの方が対応できるタイプだし」

「ですよねー。暁月は入念な下調べがないと動かないから、腰が重いんだよ」

その言葉に、カイゼは妙に納得した。暁月も決して臨機応変ではないとは言わないが、今日は二人に黙って現王の様子を窺いに行ったり、一人になって何か考えているような時もある。一見ただボサーっと無気力にだらけているようにしか見えないが、脳内はフル回転しているのかも知れない。意外過ぎて、かえってカイゼは納得してしまう。優秀な二人もそう証言しているのだし。

「じゃあ私たちも寝ましょうか。あなた方の身体は一応、本来なら眠っているはずの時間ですから」

「あんまりこっちで動き回ると、戻って起きた時にはすごく疲れてるってこと？」

「それはわかりません。何しろ、実際に確認が取れないので」

「え？　そうなの？」

「はい。こちら側とそちら側が接するタイミングは、ランダムに訪れますが、決して同じ時間軸で交わることがないのです。そのため、こちらから離れてしまえば戻る術もありませんし、戻った方と連絡する手段もないのです」

「すごく実験的だねー。でも、戻れることだけは保証されてるの？」

「実際に戻った方からの確認が得られない以上、理論的なことでしか保証できませんが、タンジェント・ポイントが離れる時には、そちら側の方がこちら側から消えることは確認できています。玉座に就いていない場合に限りますが。要は、敗者はタンジェント・ポイントが離れると同時に、こちらの世界からも引き離されるということです。戻ったと考えるのが妥当かと」

「まぁ、証明ができない場合はそうなるよねー。まさか、亜空間的な場所で永遠に浮遊してたりしないよね？」

　学者であるせいか、由岐人はさすがにその辺りはシビアに考える。とは言え、もう違う世界に来てしまっている事実は覆らない。無事に戻れるはずだという、高度な文明が示した理論を信用するしかなかった。

「そう言えばちょっと気になったんだけど」

「何でしょう？」

ふと、彩葉が真面目な声になったので、カイゼも同様に返す。とは言え、懐に収まっているので、顔は見れない。

「あの王様、アサナくん。ここに三年いるって言ってたけど、その割には成長してなくない？　もとの時間だとたいして進んでないから？」

「いえ、さすがに世界の理が違うせいでしょう。肉体の成長は止まります」

「わぉ。じゃあもしカイゼちゃんが私と一緒にあっちに行っちゃったとしたら、カイゼちゃんはその幼女の姿のままってこと？」

「その仮定にはやや抵抗がありますが、例えで言うならばそういうことになりますね」

「ほっほーう」

彩葉はニヤリと微笑んだが、カイゼには見えなかった。ただ、抱き締められている腕に力が少し加わる。苦しくない程度に。

「いいこと聞いた。いろいろ役立ちそうですね、由岐人さん」

「そうだねー。面白くなりそうだねー」

ニコニコと笑顔を崩さないのがむしろ少し怖かった。腹の底の見えない天才学者と、見た目の割に非常に雑で聡明な美少女。彼らならこの世界を変えうるかも知れない。ただ、それが本当にいいことなのか、正しいことなのかどうかはわからない。

ティエナとアサナが解放されるのは純粋に喜ばしいことではあるが、それだけでは済まされないような予感もどこかにある。王族の直感は、優秀ない占い師よりも的中率が高い。自分でそれがわかっているだけに、余計に恐怖感があった。

「あの、いいですか？」

カイゼが控えめに発言権を欲する。

「どうぞー？」

笑顔のままで由岐人が言う。多分、言わなくてもわかっているのかも知れない。しかし、カイゼはそれに対する反応を予想できない。だから訊くしかない。

「この世界は、あなた方にとっては他人事だとは思いますが、私たちにとっては」

「うんうん、大丈夫だよ」

彩葉が遮るようにかぶせる。頭の上から声がするので、思わず言葉を止めた。

「別にこの世界を壊して脱出しようとか、そんな自己中なことは考えてないよ。だいたい、そういうのは暁月が一番嫌うしね。あいつを本気で怒らせたら、怖い怖い」

「そうだねー。まず弟くんは、誰かを傷付けてまで自分を最優先させたりしないよ。全然自覚なくて面白いけど、彼はいつも他人優先だからね。平和主義って自分で言ってるけど、それってただ無駄に優しいだけなんだよねー。だからその無駄なくらいの優しさをただの無駄にしないのが僕たちの役目かな」

「そゆこと。安心していいよ。この世界の人は誰も不幸にしないから」

「結局は中心が弟くんだからね。誰かが一人で不幸を背負うような結果は招かない。僕たちが気を付けて、それを全部弟くんに背負わせない限り」

「そして私と由岐人さんがいれば無敵。オッケー？　納得できた？」

あまりに突拍子のない信頼の厚さに、カイゼは気が抜けたような気分になった。

暁月を信頼する気持ち、彼を守ろうとする絆、自分を理解して認められる自信。

それがどこから来るのかはわからないが、すべての中心に暁月がいることは確かだ。

あの無気力の権化に、一体どんな魔力が宿っているのかと思うほどに、誰もブレない。

「……暁月さんは、そんなに立派な方なのですか？」

疑っているわけではないが、あまりに当然のように彼の盾となり鉾となる二人の方がよほど頼りになりそうだったので、純粋な疑問だった。それを彩葉があっさりと笑い飛ばしてしまう。

「全然だよ？」

「ほぇ？」

王族としてあるまじき間抜けな返答しかできなかった。それを悔いる暇もなく、由岐人までもが暁月を突き放すようなことを言う。

「むしろ真逆だよねー」

　つまり、全然立派などではない、と。

「でもそういうの、あんまり関係ないんだよね。うーん、言葉で説明するのは難しいんだけど、まぁ一緒にいたらわかるよ。全然立派じゃないし、バカだし適当だし究極のシスコンだし、あんまり褒めるとこないけど、悪い奴じゃないからなぁ」

「アヤちゃんはロリコンだけどねー」

「由岐人さんもショタコンじゃないですか」

「うーん、僕はショタというよりは、中高生男子限定かなぁ。あんまり幼いと話が通じないし、子供の扱いには慣れてないから」

「あれ？　じゃあ暁月が高校卒業したら、対象から外れるんですか？」

　割とどうでもいい話になってきているが、カイゼは黙って彩葉の腕に包まれて聞いている。

「それはないよ。弟くんは僕の大切な家族だし、いくつになっても弟くんは弟くんだからねー」

「そっかぁ。あれは別格なんですね。わからなくもないけど」

「でしょ」

　結局は、この二人は純粋に暁月が好きなだけなのかも知れない。理由や愛情の深さまではわからないが、ただ「暁月のため」というだけで行動できるのだ。見返りなど必要としない関係で、けれど誰にも不満などない。

「あー、結構空が赤くなってきたよ」

「ホントだ。やっぱり早いね」

由岐人が空を見上げて言うと、彩葉も仰ぎ見て答える。その動作で、カイゼを包んでいた腕が緩む。

「じゃあ、本番一発勝負に賭けて、寝ますか」

「そうだねー。ちゃんと真面目に頑張らないとだしね。さすがに当たって砕ける余裕もなさそうだし。多少の微調整くらいならできるかな」

そう言って由岐人は立ち上がる。

「じゃあ、僕はまたあっちで。ゆっくりおやすみ。早起き頑張ろう」

「はーい。おやすみなさい」

「おやすみなさい」

初日の岩場の方へ消えていく後ろ姿を二人で見送ると、彩葉はおもむろにカイゼを離した。久々に解放されて、むしろ背もたれを失ったかのような心許(こころもと)ない気分になってしまう。慣れとは恐ろしいものだ。

「じゃあ、私たちも身体休めよう。カイゼちゃんも自分の姿勢で寝たいよね。私、離れてるからゆっくりしてね」

「え？」

最終日だからと、さんざんべったりと絡まれるかと覚悟していただけに、あまりの呆気なさにカイゼは思わず漏らす。

「どうかした？」

「いえ……少し意外だったので」

「あはは、そりゃそうか。可愛い幼女には見境なくなっちゃうからなぁ私。でもちゃんと相手の気持ちも尊重しなきゃだしね……なぁんて、たまにはカッコいいこと言ってみたかっただけ。ちょっと頑張ってみた」

へへっ、と照れ笑いをするところは、年齢相応で可愛らしかった。ついカイゼも、手を差し伸べたくなるような気持ちになる。自分はそもそも、そんな温かい性格ではないのに。この世界で、他者へ情を持つなどあり得ないことなのに。

交差世界から呼び寄せる〈候補者〉を担当する職務に就くのが、王族直系子孫に決まっているのは、その辺りの精神的な強さも理由の一つだ。一般的な家系なら、悪影響を受ける場合もある。何しろ別の世界の生き物だ。考え方も価値観も認識も能力も文明も、すべてが違う。感情というややこしい波に飲まれてしまう可能性など、かなりの高確率で起こり得る。

だからこそ、王族直系子孫が担当するしかないのだ。それはかって彼らの家系から出てしまった、異端者の王の贖罪でもある。誰も抗いはしない。

「別に、私は構いませんよ」

カイゼの口を突いたのは、本心だった。

「あなたはとても温かいですし、柔らかくて居心地がいいです。私が不要でないのなら、お好きにしていただいても」

最後まで言い終える前に、凄まじく強い力で抱き締められていた。

「うわー！　やっぱり可愛い！　可愛過ぎて辛い！　そして尊い！　可愛いは正義！　私は正義には屈する！　そこにプライドなどない！」

耳元で大声を張り上げるのは遠慮して欲しいものだったが、彩葉がやはり気を遣ってカイゼから離れたのだということはしみじみと理解できた。どこなく苦笑してしまう。顔を見られない姿勢になっているのは幸いだった。

「じゃ、一緒に寝よう！　未来永劫、一緒に！」

微妙にプロポーズじみた言葉を投げられて困ってしまうが、不思議と嫌な気はしない。それはきっと、彩葉が本心から言っている言葉だからだろう。彼女もまた、裏表のない女性だった。由岐人はどこかに陰があるが、話を聞けば納得できた。だからこそ、普段は少し頭の悪そうな振る舞いをするのだろう。天才という隠しようもない事実が脅威となり、周囲を恐れさせてしまうから。

「……不思議なものですね」

「うん？」

「いいじゃない。完璧な人間なんて面白くないよ？　由岐人さんですら、全然不完全で未完成なんだから、あの人を越えたら化物になっちゃうよ」

「いえ、私もまだまだだな、と」

「そうなのですか？」

「そうそう。みーんなどこかに欠点があるからいいんだよ。だってその方が生きてる感じするじゃない？　由岐人さんが学者なんていう、あんまりお金にならないようなことを仕事にしてるのも、別に家がお金持ちだから生活に困らないっていう理由じゃなくて、何でもわかってる人生が面白くないからなんだよ。未知の世界を研究するのって、やっぱり楽しいし、何か新しい発見ができたら達成感もあると思う。いくら規格外の天才だからって言っても、もちろん知らないことはあるし、できないこともある。本物の万能だったら、人生なんか退屈過ぎて死にたくなっちゃうよ。神様っていう職業があったら、絶対就きたくないなぁ」

　至極当然のように言うので、カイゼはしみじみと納得してしまった。ほぼ万能の能力を持つ王族直系子孫だが、あくまで「ほぼ」である。王族であるが、神ではないのだ。世界の理を覆すことはできないし、タンジェント・ポイントを自由に設定できるわけでもない。せいぜい次に交差する時期を前もって予期して、呼び寄せる〈候補者〉を選別できる程度だ。万能には程遠い。結局、自分たちでは何もできないから、別の世界に干渉しているだけに過ぎないのだ。

改めて、そう実感させられた。

自身にはこれといって飛び抜けた能力があるわけでもなく、しかもやる気もなく、他力本願であることを自覚し、それを利用すると自ら豪語している暁月の方が、実際にはよほど影響力があった。それはそれで、他の誰にも真似のできない、努力で手に入れることのできない立派な才能なのだ。

「よしよし、今日はゆっくり寝よう。私があったためてあげるよ。カイゼちゃんはきっと、まだまだぬくもりが必要そうだね。あ、別に子供扱いしてるわけじゃないよ？でもさ、ちょっと気を張りすぎだよ。私たちは多分、これまでにここに来た誰よりもすごいから、きっと明日は楽しい一日になるよ。まぁ、厳密に言えば半日だけど」

「すごい自信なのですね」

「そりゃそうよ。自分を信じるって書いて、自信って読むくらいだしね。何かをするのも、頑張るのも自分なんだから、自分で自分を信じてあげないと、前に進めないでしょ」

きっと、彩葉はそうやってこれまで生きてきたのだろう。その言葉にはまったく迷いがなかった。

「ほれ、おいで」

草の上に横たわって、両手を広げる彩葉に引き寄せられるように、カイゼは当たり前のようにその温もりに包まれた。確かに、自分にはこの体温は必要だと感じた。

6

「よっし、じゃあ行きますか！」

早く寝たせいか、日が昇ってそう経たないうちに全員が揃った。顔色がいいところを見ると、由岐人もきちんと睡眠は取ったようだ。暁月は相変わらず生ける屍のようにだらんとしてはいるが、不健康そうというわけではない。眠そうな顔ではあるが、それは寝ても起きても変わらないので、自前のタレ目と醸す雰囲気のせいだろう。一応動いているので、心配はいらないと思う。

「こんな時間に行ったら、アサナくん怒るだろうなー」

「それわかってて行くんだろ。三年もいりゃ、ここの時間の流れ方にも適応してるだろうし、別に問題ない」

「では、いいですね？　一応、先日と同じくらいの距離感に着くはずですから、干渉しないでくださいね」

両手を握る彩葉と由岐人を見やって確認してから、カイゼは正面の暁月を見る。

「あ？　どうした？」

「いえ、すみません。何も」

「何もないことはないだろ。目がすげぇ何か要求してたけど」

他人の感情を読むことに長けている、とは思っていたが、一応王族としてポーカーフェイスは基本中の基本だし、そもそも感情の変化に乏しいので、カイゼが表情で考えを悟られるなど、まずない。それも、別の世界から呼び寄せた者などに。しかし、暁月は「目が要求していた」と言う。どこまで見抜くのだろう。こんなに何も考えずにボサッと立っているだけにしか見えないのに。彼の目には、一体何がどこまで、どんなふうに映っているのだろうか。

「……よろしくお願いします。現王の解放を」

「わかってる。今からそれを果たしに行くんだからな。俺は何もしないけど」

念を押すように暁月は言う。それでも、他の二人に任せておけば大丈夫だという確証はあるようで、確かに天才学者と懐の深い聡明な少女ならやってくれそうな気もするが、暁月の成功を保証する根拠はそんな軽い理由からではなさそうだった。

「では、参ります。ご武運を」

気が付けばそこはもう王の横たわるソファーベッドの傍で、暁月が発した言葉は着いてから音になった。

「いや、そんな古い言葉、どこで覚えたんだよ」

「何だよ？」

突然早朝に現れて、意味のわからない言葉を聞かされれば、さすがにアサナでなくても何事かと思うだろう。暁月は自分の言葉が場違いな場所で響いたことに気付き、「うお」と驚いた。しかしすぐに適応する。

「つーかお前こそ、こんな時間からもうゲームかよ」

これだからゲーム中毒のクソガキは……などと、自分がゲームをしないのをいいことに、勝手に「最近の若者は……」と個性を一纏めにして嘆く中年のようなことを考える。

「別に朝からってわけじゃねーよ。寝てないだけ」

「えっ？　寝てないの？　そんなに面白いゲーム？」

「面白くないから眠れないの。どうせ眠くならねーし」

彩葉の素朴な疑問に、アサナはどうということもなさそうに言う。

「どうして眠くならないのー？」

言葉の意味を確認したかったのか、由岐人が首を傾げて訊く。

「ならねーもんはならねーよ。アンタもずっとここにいりゃわかる。眠気も食欲もなくなる。別に病気になるわけでもないし、どうでもいいけど」

肉体の成長が止まるほどだから、やはり違う世界への移動にはそれなりにリスクはあるようだ。三時間で戻れると、一応理論上では保証されている身ではあるが、三年間ここに縛られているアサナがこちらに適応するのは、生きるために必要だからに違いない。

世界の理――オカルト方面の研究者もいるので、自分とは別の分野だからとそれを否定するつもりはないが、由岐人はやはりそれにはあまり干渉すべきでないと思う。宇宙そのものを研究するのは魅力的ではあるが、そこへ出ていこうとする分野の学者とも考え方が合わない。

あらゆる意味において、自分たち以外の者が管理している可能性のあるところへ、勝手に土足で踏み入れるのは、その世界の理に反するような気がした。こちらが未知の生命体と接触したいと望んでいても、相手がそうとは限らない。穏やかに平和に暮らしているのに、人類が踏み込むことで異物が紛れ込んでしまう。それはその世界の平穏を、よそから来た無関係な他者が荒らしていく行為にしか過ぎないのだ。

「やっぱりスペシャルコースだね、アヤちゃん」

「そうみたいですね。さすが由岐人さんのプロファイリング」

そう言えばそのような仕事も傍らでしていると言っていたな、とカイゼは思い出す。しかし、スペシャルコースとは何だろう？　この二人のことだから、いくつかの計画は練っているのかも知れないが、到着して早々に何となく最上級らしいチョイスを聞かされる。

「つーかさ、アンタたち何？　今日お帰りコースだろ？　勝負しないとか言ってなかったっけ？」

「しないよー」

「うん、勝負とか興味ないから」

ニコニコしたまま、由岐人と彩葉がアサナに近付く。やはり人慣れしていないのは明らかで、勝手にアサナの方の身体が後ずさろうとしてしまう。

「そもそも、王様と勝負しろなんて言われてないからねー。きみを縛ってる玉座から下ろしてあげたらいいんでしょ？」

わざとだ、と暁月は察した。だいたい由岐人は普通、「～してあげる」などという押し付けがましい言い方はしない。むしろ「したいなー、させてくれる？」と下手に出て断らせない手段を選ぶタイプだ。だからこれは、明らかな挑発。生意気な子供には一番効果がある。

「はぁ？　別に誰も頼んでねーし！　オレは勝負して負ける奴のバカみてーな顔が見たいだけ」

「その割にはアサナくん、泣いちゃったんでしょ？」

彩葉の言葉に、アサナはバッとティエナを振り返る。その事実を知っているのは、彼女だけのはずだからだ。

「わたくしは何も」

ティエナは平然と言う。確かに、彼女から直接情報の提供を受けたわけではない。むしろアサナが自白したようなものだし、それを暁月が覗いてきただけだ。自白を引き出すために多少の協力はしてくれたものの、ティエナに非はない。彼女もまた、三年に渡って見守る中で、アサナの辛さを何度も目にした。自分が職務から解放されたいという身勝手な思いよりも、アサナを自由にしてやりたい気持ちの方が強かった。だからこそ、今回の〈候補者〉に託すことを選んだのだ。カイゼを見れば、彼らが信用に足りる者だとわかる。

「じゃあ、何でアンタが知ってるんだよ!?」

「えー？　知らなーい。ちょっとカマかけたら、アサナくんが引っかかっただけだよ。はい、知的勝負は私の勝ちね」

しれっと彩葉が言い、ティエナに非がないことをアサナに理解させた上で、自分の立場を上げる。本当に聡明な少女だ。アサナは悔しそうに下口唇を噛む。

「きみは本当に純粋無垢なんだねー。でもそれって、人間強度が下がるんだよね」

由岐人が次の勝負に出る。

「キレイなガラスがどうして無色透明なのか知ってる？　混じり気のない純粋なものだと思われがちだけど、実はあれって不純物の塊なんだよ。まぁ、不純物って言うのはちょっと語弊があるけど、一つの純粋な物質からできているわけじゃなくて、いろいろなものが混じり合って化学反応を起こすことであの透明度になってるの。一見無色透明な美しいガラスは、現実的に見るといろんなものが混じり合ってるっていうわけ。つまり不純物だって言ってそれらを取り除いてしまうと、透明さを維持できないんだよ。不思議だよねー。面白いでしょ？　まるで思春期の少年のようで、僕はとてもときめきます」

「……最後の個人的で変態的な感想がなければ、結構いい話だったのにな」

カイゼの後ろで暁月が苦々しく呟く。これだから変態クソ兄は、と思いつつ、初めて知った学者の話に興味をそそられもしたのは事実だ。透明なガラスは、「ザ・ガラス！」みたいな単一の物質でできていると思っていた。高二にして。

「きみは中身が純粋過ぎて弱いから、外側をそんなふうに強がっているんだねー」

うんうんと、勝手に解釈して納得しているように見せる由岐人。誰しも図星を突かれると腹を立ててしまうもので、自制の効かない子供なら尚更だった。

「うるせーよ！　何も知らないくせに、知ったようなこと言うな！」

「知ってるよ？　そんなの、きみを見たらすぐにわかるよ。淋しいんでしょ？　つまんないんでしょ？　退屈で死にそうでしょ？　でも死ぬの怖いでしょ？」

いつになく畳み掛けるように言う由岐人に、暁月は真面目に尊敬する。確かに、やる時はきちんとやる奴だとは認めている。天才という事実にあぐらをかくことなく、常に努力を重ねているのも知っている。姉と結婚して一緒に住むようになってからも、いつか本性を見抜いて晒してやろうと考えて、かなり執拗に義兄を観察していたのだから。それでもまだ、暁月にさえ由岐人の許しがたいほどの欠点が見つけられないでいた。

「怖くなんかねーよ！　じゃあアンタが今すぐオレを殺してみろよ！　死ぬのなんか怖くねーよ！　ずっと生きるか死ぬかのギリギリで生きてたんだからな！」

「えー、でも僕は殺人犯にはなりたくないなー。ここがたとえ別の世界だから罪にならないとしても、人を殺すのは抵抗あるよ。死ぬのが怖くないんなら、自殺でもすればいいじゃない。生きるか死ぬかのギリギリにいて、それでも生きる方にしがみついてたんなら、自殺は怖いと思うけどねー」

今にも口笛を吹き出しそうな気軽で軽薄な言い方。初対面でこれだったなら、十中八九の人間は不快だろう。しかも言っていることは正論なだけに、返す言葉もなくて余計に腹立たしくなる。

「……！」

アサナも言葉を失って、ギリギリと口唇を噛みしめる。

「アサナくんて、愛情不足だよね？」

彩葉が純粋無垢に訊く。キッと顔を向けたアサナは、しかし何を言えばいいのかわからず言葉にできなかった。違う、と嘘でも言えばよかったのに、すべてを見透かされているような目で見つめられると、声も出ない。

「でもさ、ティエナさんがずっと一緒にいてくれたから、頑張っちゃったんだよね？強がりな男の子って可愛いけど、心配でもあるなぁ」

アサナはそのまま視線をティエナに滑らせた。優秀な秘書のような佇まいの高貴な女性は、表情を変えずにただ黙って立っている。命じられれば動くが、そうでなければ何も無理強いはしない。

本当は、それが一番淋しかった。ちょっと来て、と言えば来てくれるし、そこにいて、と言えば立ち去れと言うまでいてくれる。アサナにとっては、それだけで十分満足だった。しかし、年月が過ぎるとそれは恐怖に変わる。ティエナはいつまで自分の傍にいてくれるだろう。どこまでわがままを聞いてくれるだろう。そのうち愛想を尽かして、ある日別の誰かに交代されているかも知れない。また捨てられるかも知れない。そんなのは嫌だ。それなら自分から捨ててやる。誰も近付かないようにしてもらおう。孤高の王。それでいい。これまでだって、実質はずっと一人だったのだから。

「……愛情が十分足りてそうな幸せな奴は、言うこともお気楽で羨ましいな」

何とか吐き捨てるように、アサナは言った。

「別に、愛情とか目に見えないものを信じたってしょうがないだろ」

「目に見えるならいいの？　どんなふうに見えたら満足？」

きょとんと見つめる彩葉に、これ以上後ずさる場所のないアサナは怯えた。自分より長身ではあるが、色白で細身の少女だ。仮に張り倒されても「痛い」程度で済むだろうし、押し倒されても跳ね返せるほどに軽そうに見える。どこにも恐怖する要素などないのに、まっすぐに自分の内部までを見通してきそうな純粋な瞳が怖い。鋭利な刃物を肌に当てられることには慣れていても、無垢な視線に見透かされた経験はないのだ。

「愛情っていえばハート型とかかな？　こんな感じ？」

彩葉は女子高生の間では常識になっているやり方で、両手で歪なハート型を作って見せる。可愛いものは好きだが、あまり過度に装飾されたものは好まないので、年頃の少女が身に付けているほどにはハートの柄の小物を持っているわけでもない。まぁ、制服を着ただけの身体一つでこちらの世界に来てしまったから、どうせ何も持ってはいないが。

「は？　何やってんだ」

「あれー？　違うか。そう言えばアサナくんは未来人だったなぁ。通用しないのかぁ」

困ったように言う彩葉に、アサナは脱力する。彩葉が本気で無垢だとわかったからだ。

「そもそも僕は思うんだけどー」

割って入る由岐人に目をやる。

「愛って別に、与えるものでももらうものでもないでしょう？　こう、身体の内側からフツフツと湧いてくるものじゃない？　そうでないと、無条件でその人のために何かしてあげたいっていう気持ちになんてならないしー」

「あ、そうだよね。由岐人さん、まさにそうだもん」

カイゼは最初の日の夜に聞いた話を思い出す。暁月の姉であり、自身の妻の聡子の話をする時の穏やかな空気。そして、暁月を無条件に信頼して守ろうとする強い意志。それは彩葉も同様で、「よくわかんないけど」と言いながらも暁月への信頼感は強大だ。その確信がどこから溢れるのか、ぜひとも教えて欲しいくらいに揺るぎない。

「愛で世界は救えない！　それは当たり前！　でも僕の聡子さんへの愛は、僕自身を救う！　あー、何て効率的で安上がりな自家発電システムかなぁ」

うっとりと遠くを見つめる白衣の学者に、アサナは違う意味で怯えた。「やっぱりこいつ、マッドだ」と思ったりしている。

そこに彩葉がふと口を挟んだ。そう言えば、と。

「いつも思ってたんですけど、どうしてそれ、聡子さん〈の〉愛じゃなくて、由岐人さんから聡子さん〈へ〉の愛なんですか？」

「えー？　だってそれ、僕が聡子さんを愛する限り、十分満足できるから。僕が聡子さんを愛していられる限り、僕は救われ続ける。朝『行ってらっしゃい』と言われたら、『お帰りなさい』を聞きに帰るために一日頑張れるでしょ？　生きてるって素晴らしいね。だから僕は早くもとの世界に戻って、聡子さんに今日の分の『おはよう』を言わなければならない。よって、ここで成果を上げずにいるわけにはいかないというわけ」

おー、と言いながら一人でパチパチと彩葉が手を叩く。どこまでが仕込みで本気なのか、暁月にもよくわからない。何故なら、この二人はこれがいつも通りだからだ。バカみたいな他愛ない話を楽しそうにして、幸せそうに笑っている。もちろん、暁月が口出しするほど不快なことではないし、目の前で怒ったり泣いたりしている人間を見るよりは、たとえバカみたいな身内であろうと、笑っていて幸せな方がこちらも気楽だ。

カイゼはあまりの緊張感のなさに唖然としているが、暁月が余裕であくびなどをしているのを見ると、心配はないのだろうという気もする。不思議なもので、周囲で焦る人間がいるとつい自分も焦ってしまうが、落ち着き払って悠然としていてくれると、こちらも穏やかでいられるものだ。

「結局さぁ」

ぐん、と背伸びをしながらようやく暁月が口を開いた。楽しいのはいいが、あまりバカ話で時間を食うのももったいない。

「お前、親に愛されなかったから、淋しいんだろ？　それでこっちの世界に来て王様になったけど、やっぱり親の代わりとかいないし、その女の人も優しくしてくれるけどどうせ義務感なんだろうなーとか思ったら、また失うのが怖くなっただけだろ？」

あまりにも核心を突かれたので、アサナは凍りついたように固まって目を見開いた。暁月は何でもないように続ける。

「そもそも何でそこまで親の愛情にこだわんのか全然わかんねぇし。親じゃなくてもいいじゃん。誰でもいいじゃん。お前王様なんだからさぁ、誰かに命令して求めればいいんじゃねぇの？」

「あー、弟くん、それはダメだよ。強制されたらもう、それは愛情じゃないから」

「まぁ、それはそうだけど」

うーん、と暁月は頭を掻く。由岐人が代わりに続けた。

「でも、親からの愛情っていう意味じゃ、僕もそう多くもらった覚えはないけどねー。放っておいてくれるだけ楽でよかったと思うけど」

「放ったらかし過ぎてこんな変なものが育ったなら、俺は文句を言いたいけどな」

「私も別に、特別深い愛情をもらったわけじゃないけどなぁ。一人娘っていうせいで、ある意味過剰に愛されてたのかも知れないけど、こっちとしては迷惑なこともあったし。暁月なんかそもそも両親がいないから、求める相手もいないじゃない」

「俺は姉ちゃんがいればそれでいい。親には申し訳ないけど、覚えてないものはしようがないし。全然気にしてない」

それぞれに恵まれていそうにしか見えないのに、誰も親からの愛情で満たされてはいないと聞き、アサナは驚いた。満たされていないのに、どうしてこんなにも気楽そうに、人生楽しくて仕方がないというように、生きていることが素晴らしいなどと言えるのだろう。本気でわからない。何が違うのだろう。価値観？　生きていた時代？　常識？

「何、それ。じゃあ何でアンタたち、そんなバカみてーに明るく生きてられんの」

棒読みのようにアサナが呟く。

「だって別に、親から愛されることがすべてじゃないだろ？」

当然のように暁月が言う。

「お前の生きてた時代がどうだか知らないけど、むしろ親からきちんと愛されて満足してる子供がどれだけいるのか知りたいわ。絶対そうそういないと思うけど」

「そうだよねー。親は『あなたのためにしてあげたこと』とか言うけど、その時点でもう押し付けだからねー。男の子だったらきっと、その瞬間に親離れするんじゃない？」

「いや、由岐人さん、女の子でもそうだよ。うちは幸いそこまで酷くないけど、友達のお母さんがまさにそんな感じなの。『あなたのためを思って言ってあげてるのに、どうして言うことが聞けないの』って、私が遊びに言った時にも言ってたから、本人は正当化できてると思ってるんだろうね。私はあの日学んだ。決してああはなるまいと」

ぐ、と拳を握って芝居がかったように彩葉が言う。

「だからまぁ、俺が思うにって話だけど。違うならそう言ってくれたらいい。訂正する。ひとまず言わせてもらう。お前がゲーム好きってのは、多分本当はそこまで本気じゃない。ただ、ゲームしか逃げ場がなかったからだ。しかも、ゲームしてても一人なのに、現実で一人なのを実感するのが怖いからってだけ。ゲームならいいところでセーブできるし、コンティニューも効くし、リセットして最初からやり直すこともできる。便利だよな」

「……」

その通りだとは思わない。ただ、アサナは暁月のその言葉に、心当たりはあった。ゲーム内でも〈孤高の王〉と呼ばれ、声を掛けられにくくなった。もちろん、こちらから話し掛けられる立場でもない。〈孤高の王〉であるためには、気安く他者に関わるべきではないと、自分で決めてしまった。

現実に戻って一人なのが嫌で始めたゲームだったのに、妙に自分に合っていて、強すぎたせいで、仮想の空間ですら孤独になるしかなかった。本当はリセットしてやり直したかった。名前もアバターも性格設定も変えて、違う道を歩みたかった。

それができなかったのは、単純に自分が弱いからだ。弱い自分を認められない弱さのせいだ。暁月の言葉はすべてそのまま正解だというわけではないが、訂正すべき点を指摘できない。それは事実ではないが、理想だったから。

「反論なし？　意外だな」

「……くだらない」

「ん？」

「くだらないくだらないくだらない！　そんなの勝手に理想論述べてるだけだろ？　親いない、結構じゃん！　実の子供の身体にナイフ当てて喜ぶ父親とか、食べ物チラつかせて結局一口もくれない母親とか、いなくていいのに！　オレにはそんなもんがいたよ！　外に出たら見知らぬ他人にすらどこの家の子供かがバレて憐れみの目で見られて！　でも誰も何もしてくれない！　そんな世の中、滅びればいい！」

さすがにそこまで壮絶な体験は想像していなかったので、三人はそれぞれに嫌な気分になる。

大学在学中に起業して成功し、桐来財閥に目を掛けられて成功を収めた父なのに、母親が彩葉と同様に美しい容姿であったため、妻を桐来に売って地位を手に入れたと、心ない噂をされていることは、ネット社会に生きていれば嫌でも目にも耳にも入る。お嬢様学校に通っているのだから、どこの家庭もそれなりに裕福だろうに、自分は「成金」と陰で言われているのも彩葉は知っている。

それでも、そんな少数派を気に掛けず、堂々と前を向いて生きてきた。父も母も間違ったことは何一つしていないのは知っているし、信じている。それを幸せだというなら、いいだろう、幸せだ。それの何が悪い？

兄が欲してくれたおかげでこの世に生まれ出ることを許された由岐人。次男とは言えども桐来家の看板を背負っているからと、真面目に生きていただけなのに、規格外の天才であるというだけで、何か別世界の奇妙な生物のような扱いを受けた。

聡子を見つけるまで、自分の中から愛情が溢れるということも知らなかった。ただの財閥の次男で、ただの天才なだけで、愛する人の両親が奪われた時にも何も為す術がなかった時の苛立ちと哀しみと無力感。もう二度と、あんな思いはしたくはない。だから前を向く。ヘラヘラ笑って楽しく生きて、愛する人と生涯をともにする。それを幸せだというなら、いいだろう、幸せだ。それの何が悪い？

「大丈夫だろ。どうせお前はもう二度とそこには戻れない。帰る場所なんてない。どうせ俺が死んでからまだずっと先の時代にお前は生まれてるんだろうから、別に未来のことも聞きたいとは思わない。ただ一つ不満はある。いろいろ科学技術とか、きっと医療とかも進歩してるんだろうけど。もしかしたら車が空を飛んだり、宇宙人と一緒に暮らしたりしてるかも知れないけど。そんなことはどうでもいい。そもそも人類が、全然進歩してないことに、がっかりだ」

本当に、心底がっかりしたとばかりに、暁月は深い息を吐いた。

「虐待なんかいつでもどこでもあるけどな。イジメも隠蔽もあるしな。戦争だってなくならないのは事実だ。でも、せめてそれだけ時代が過ぎたなら、人間ももっと進歩して欲しかったよ。世の中が便利になり過ぎると、ひょっとしたら人類は劣化していく一方なのかも知れないいな」

確かに、きっと自分が死んでから、更にそのもっと先の話なのに、暁月はやはり自分のことのように残念な様子だ。カイゼはまた、不思議な気持ちになる。自分とは完全に無関係のものに、どうしてそこまで親身になれるのか、と。

「まぁいいや。お前が超壮絶に可哀想なのはよーくわかった。それで？　結局お前、ここの王様辞めたいの？　それともまだ残りたいの？」

最後の質問、ということはわかった。暁月はもう、これ以上は何も言わないだろう。アサナがいくら可哀想な自分をアピールしようと、不幸を嘆こうと、耳を貸しもしないかも知れない。その代わり、素直に「助けて」と言えさえすれば、きっと助けてくれるような気がする。細い糸で辛うじて繋がっている今、回答次第で救われるかも知れない。少なくとも、一人ではなくなるかも知れない。

「……た」

それでも、たすけて、と素直な声にならない。もちろん、アサナの顔を見れば誰にでもわかる。差し伸べられた救いの手に、しがみつきたいという思い。

「た、たかが人間じゃん。放っとけばいずれ死ぬ。劣化しまくって早く絶滅すればいい！」

言葉とは裏腹に、アサナの両方の目からすぅっと透明な涙が流れる。自分では気付いていない。暁月はそれを見て、呆れたようにため息をつく。

「あっそ。わかった。じゃあ好きにしろよ。よろしく」

ニ、と彩葉と由岐人は顔を見合わせて微笑む。カイゼは何故そう嬉しそうなのかがわからない。暁月はアサナに背を向けてカイゼの後ろに回って座り込んだ。本気でもう関わる気がないのだろうか。

「じゃ、頑張ってみようかなー」

呑気に言う由岐人に、アサナは明らかな逆ギレ状態で「はぁ？」と返す。

「何ほざいてんの？　頑張ったら何でもできると思ってるワケ？　おめでたいな」

「そうなんだよねー、頑張ったら何でもできるんだよ、僕は。あり得ないとか不可能とか自分で決めちゃうとね、そこから進めないよ？　それって自分を不自由にしてるだけだから。それじゃあ科学も人類も進歩しない。困るなー」

自信満々に返されて、アサナはぎょっとする。彩葉は苦笑しながら言い添える。

「この人、本当に規格外の天才だから、いろいろやっちゃうよ？　不可能を可能にするのが趣味だから」

そんな難しい趣味があるか、と暁月は内心毒づいてみる。確かに由岐人は、誰もが口を揃えて「絶対無理だ」と言うことに、やたらと執着する。そして、本当に可能にしてしまう。「何だ、できちゃった」とおもちゃに飽きた子供のように、また新しい〈不可能〉を探す。

以前、何かの折に嫌味を込めて「お前なら、人類が全員滅びても、一人残って再復興させられるんじゃねぇの？」と言ったことがあった。バカみたいな天才だな、と言いたかったのだが、由岐人はそんなことは言われ慣れていたのか、至極当たり前の顔をして「それは無理だよ」と言った。

こいつからも「無理」という言葉が出るのかと驚いている暁月が続けて聞いたのは、「だって物資が必要じゃない。そしたら、労働者さんとか生産者さんとか、いろいろ必要でしょ」と返されて絶句した。自分の才能だけではなく、それを活かすために他者の存在も必要であることを、きちんと自覚している発言だったからだ。

「人類なんか絶滅して、地球ごとブッ飛んじまえばいい！」

「わー、すごいやさぐれ」

拗ねたクソガキだろ、と暁月は突っ込みたくなる。しかし、黙って眺めていることに決めたので、何も言わない。

「天才だろうが努力家だろうが、無駄なものは無駄、無理なものは無理。アンタはオレには勝てない」

「うん、きみに勝とうなんて思ってないからいいよ。でも、もし僕がきみをその玉座から解放してあげられたら、その場合は僕の勝ちってことにしてね」

「はぁ？　だからそんなの無理だって」

「じゃあ、約束ねー」

　まったく噛み合わない会話の中、由岐人は楽しそうだ。そしておもむろにくるりと振り返る。カイゼと目が合い、そしてその視線が暁月へ。何かを訊ねるように。

「――いいよ。行け、クソ兄！」

「はーい！　可愛い弟くんに頼られるとか、お兄ちゃん超幸せっ！　二百パーセントで頑張れそう！　努力が無駄とか言われちゃうと、虚しくて科学者なんてやってられないんだよねー。偉い先生も言ってるよ？　実験の九十九パーセントは失敗だって。でも残りの一パーセントに縋っちゃうのが科学者なんだよねー。しかも、それで成功させちゃうのが僕なわけー」

　鼻歌でも歌いそうに白衣のポケットをまさぐる。そしてそこが空だと気付いて「そっか」と呟く。普段持っているものがそこにはなかったのだろう。当然、寝落ちしているところを服だけ着替えて連れて来られたのだから、自分の身体だけが武器だ。

「おっけー。じゃあ僕の集中力の発揮！　ひとまず全員にマスクとゴーグル着用！　いっちばん安いやつでいいからー。ゲルトはアサナくんの分から引いてね。つまり王様の懐を使います！　よい子は真似しないでねー」

　気付けば水泳用のゴーグルと、薬局でまとめて売っているような不織布のマスクが身に着けられていた。カイゼは見知らぬ物体に目と口を覆われて驚いている。そういうものがあるという知識はあっても、実際に着用するのは初めてなのだから当然だ。これでもまだ落ち着いている方だろう。そしてご丁寧に義兄は、アサナにまでそれを着けさせている。まぁ、王様マネーのようなものだし、その程度はいいのだけれど。

　由岐人の両手には、見覚えのあるものが握られていた。右手には青いボトル、左手には緑色のボトル。最近は見かけないデザインだが、子供の頃、暁月の自宅でよく使っていた風呂掃除用洗剤とトイレ掃除用洗剤に似ている。姉の手伝いをしたことがあるから知っている。

「いっきまーす！　ひっさーつ！　混ぜるな危険っ!!」

　同時にそれをアサナに――ではなく、その背後にある玉座に投げた。王が玉座に縛られているといえども、物理的な話ではないので、アサナはいつも自分で出したソファーベッドにいるが、そもそもの元凶はこの玉座なのだ。

　見知ったボトルの洗剤ではあったが、几帳面にボトルを薄い素材にしておいたようで、二つが同時に玉座に当たると、ボフン、と軽い破裂音がしてマスク越しにも異臭がわかる。目はゴーグルのレンズのおかげで守られている。

「おいっ、それやったらダメなやつじゃやねぇの？」

「だからよい子は真似しちゃダメだよって言ったでしょー。それに、危ないから本格的な薬品を出さないで市販品で代用したのにー。そこは褒めるとこじゃない？」

「じゃない！」

「あ、待って。おしゃべりしてる場合じゃないや。アヤちゃん、捕獲よろしくっ」

「りょーかいっ！」

彩葉は驚いて立ち尽くすアサナをひょいと抱きかかえてカイゼのもとまで来る。子供の頃から大人の男を投げ飛ばしてきたのだから、小柄な少年一人を抱えて移動するなど、たいしたことではない。ただ、見た目で判断すれば、カイゼやアサナが驚くのも理解できる。

由岐人はマスクを三重にして玉座に駆け寄って、眼鏡を掛けたまま着用できるが、視界はよくなさそうなゴーグル越しに見ては、あちこち触っていた。さすがに何をしているのかはわからないが、天才学者の知的好奇心を満たしつつ、安全が確保できるならまぁいい。

「あ、見ーっけ！　やっぱり予想通りーー！」

嬉しそうな声を上げる由岐人に、彩葉が「予知能力！」と叫ぶ。さすがに気になって、暁月は彩葉に訊いた。

「何？　あいつ何やってんの？　何見つけたの？　ってか、何を予知した？」

カイゼもアサナも同じ疑問を持っていたので、黙って彩葉の返事を待つ。特に何でもないことのように彩葉は言った。

「あの玉座、多分生き物だよ。由岐人さんが、何パターンか仮説を立ててたんだけど、アサナくんと無駄話してるように見せながら、ずっと観察してたんだよね。別にあれが動いてたとかじゃないんだけど。で、由岐人さんは相手が生き物なら多分何かしら呼吸に似たことをしてるはずって言って、まぁちょっとした刺激物で攻撃したわけ。そしたら見事に命中。見えた？　その時あの玉座、震えたの」

「嘘」

「ホント。まるでびっくりしたみたいに。塩素系漂白剤と酸性の洗剤を混ぜると、塩素ガスが発生するのは知ってるでしょ？　昔、実際に家庭内でそういう事故もあったらしいし。大昔の戦争とかじゃ、毒ガス兵器に使われたりもしてたらしいよ。これは由岐人さんから聞いた話だけどね。だから、玉座に死ぬっていう概念があるのかどうかはともかく、生き物だとしたら、無効化はできるかもって言ってた」

さすがの発想に、暁月も驚く。「知ってるでしょ？」と彩葉もまるで常識のように言うが、危険であるらしいことは知っていても、塩素ガスがどの程度のレベルで発生するのかまでは、普通の高校生ならそこまで詳しくはないと思う。しかし、ハイレベルのお嬢様学校に通っている聡明な女子高生と、地元でそこそこなら進学できる程度の公立高校に通う暁月では、そもそも知識の量も質も違うらしい。

「じゃあ、見つけたっていうのは」

「多分心臓とか、何かそういう、生き物であることを証明するパーツじゃないかな？」

話し終えてから、彩葉は気付く。抱きかかえたままのアサナが、小刻みに震えていた。恐怖か、驚愕か、不安か。

「大丈夫？」

彩葉は、何をとは言わずに訊く。アサナは反応しない。ただ、黙ったまま玉座と由岐人を見ていた。

すると、彩葉の手を優しく退けて、代わりにアサナを支えるものがあった。ゴーグルとマスクを着用した、長いラベンダー色の髪の女性――ティエナだ。目が合うと、コクリと頷く。任せろ、ということらしい。彩葉も軽く頷いて手を引いた。

「大丈夫ですよ。あなたを怖がらせるものは、もう何もありません」

ティエナの声が耳元で聞こえたのに驚き、アサナは我に返った。彩葉に抱きかかえられて運ばれたかと思えば、ティエナが自分を包んでくれている。

「――おまっ、大丈夫なのか!?」

マスク越しにでもはっきりとわかる動揺。暁月は小さくため息をつく。まったく、と改めて感じながら。

「おかげさまで。あの方がわたくしにもこの装備を着用させてくださったので」

「よかった……」

無防備に肩を落として、本気で安堵している。ぎゅっと自分の拳を握って、それをまた開く。そしてティエナを抱き締めた。今まで生きてきた中で、最大の勇気を振り絞って。

「……ありがとな」

「いえ、ご無事で何よりです」

他人のロマンスを覗く趣味はないし、そもそも何となくムカついたので、暁月は由岐人と玉座の方を再度見た。もし本当にあの玉座が生き物であるなら、何かしらの逆襲がある可能性もある。彩葉もそれを見越したのか、いつでも駆け付けられる姿勢で待機していた。

「ひゃっほーい！　お宝ゲットしたー」

だが幸いなことに、それは杞憂に終わる。由岐人は何か小さなものを手に握り込み、意気揚々と戻ってきた。マスクとゴーグルを外していたので、他の者もそれに倣（なら）う。

「何それ」

「見せてもいいけど、吐かないでね」

「待て。そんな気持ち悪い形状なのか？」

「感じ方は人それぞれだからねー。僕は平気だけど、アヤちゃんはどうかな？」

そもそも素手で持っている時点で本人は大丈夫なのだろう。彩葉も好奇心を抑えられないのか「大丈夫！」と興奮しながら言う。由岐人が手を開くと――何もなかった。

「「え？」」

暁月と彩葉はハモってしまう。由岐人も驚いたように自分の手のひらを見て「残念」と言った。

「間に合わなかったかー。塩素系か酸性に弱かったのか、ガスが原因なのかはわからないんだけど、溶けかけてたんだよね。もともとはちょっと歪んだ石ころみたいなのだったんだけど、移動中に溶けてグロい感じになってると思ったから注意したんだ。さすがにここまで溶けるのが早いと、記録できないなぁ。記憶が頼り、かな」

「え、でも玉座はまだあるけど」

「まぁ、外側は昔からある玉座なんじゃないかな。でも王族ってほぼ万能って言ってたでしょ？　昔の王の座を放棄した王様の悪戯（いたずら）なのかも。明らかに故意に開けられた部分があってね。そう隠すつもりもなかったのかも知れないけど、誰も調べなかったんでしょ。だから思ったより長く発見されなくて、ちょっと可哀想なことになったのかもねー」

「……そんな……」

カイゼが息を飲んで、悲痛な声を出した。まさかそんな。誰かに気付いて欲しくて、わざと開けた形跡を消さなかったのにも関わらず、これまで誰にも発見されなかったとは。かつての王のちょっとした悪戯か遊び心が、何人もの別の世界の人間を不幸にしていたとは。王族直系子孫が代々受け継ぎ、世界を守っていると思っていた行為は、交差世界からの異物を交代させていただけだったとは。

自分がその、直系子孫とは――。

「……カイゼ様。大丈夫です」

「ティエナ……」

素早くカイゼの動揺を見抜いた同じ血統の女性は、穏やかな目で見つめる。

「後はわたくしが」

意味を掴み損ねたが、アサナがわいわいと騒ぎ始めたので自然と流れを持っていかれる。

「だからー、そんなことできないのー。もー、無茶言うなぁ」

「うるせーよ！　アンタの勝ちってことになるんだろ？　だったら早くオレを殺せって言ってんじゃねーか！」

「命まで賭けてないでしょ？　そもそも、僕はきみに挑んでないし。もともと玉座狙い一択だよ。でも結果的にきみを縛るものから解放できたわけだから、勝ちは譲ってもらうけれど、別に命までは奪わないの。そこ、ゲームじゃないから。あと、きみも生身だから、命を粗末にしちゃダメ」

つん、と人差し指でアサナの額を小突くと、呆気ないほどに簡単に崩れ落ちた。

「あらら。可愛いなぁ。こんな可愛い子、殺すとかホントないでしょ。そんなに勝負の結果にこだわるなら、じゃあ今から僕の命令に逆らわないってことにしようよ」

「ええっ⁉」

「嫌なの？　怖い？」

「い、いや……別にっ、怖いわけねーじゃん！　何でも言うこときいてやるよっ」

「うっわー、滅茶苦茶なツンデレだね。わかりやすくてホントに可愛い」

「ねー、アヤちゃんならわかるでしょ？」

「うんうん、小さくて可愛いものはすべて正義だ」

「小さいとか言うな！　まだ身長は伸びる！」

「無理だよ。世界またいでる時点で成長止まってるじゃない」

「―――――!!」

「……アホくさ」

この場で唯一冷静なのは暁月とティエナだけだ。ある意味、彩葉と由岐人も、いつも通りではあるのだが。

「じゃあ取り敢えずは、僕のもう一人の弟になってもらおうかなー」

「「はあっ!?」」

さすがにこれには、アサナだけでなく暁月も声を重ねた。互いに顔を見合わせる。

「弟くんにも弟ができるねー。嬉しいでしょ?」

「喜んでるのはお前だけだ!」

だいたいこんなクソガキが弟とか、勝手に決めるなと言いたくなる。しかし、まだ由岐人に言えていないこともあった。これはこれ、きちんと分けて考えなければならない。

「まぁけど、取り敢えず本当に何とかしてくれたのは感謝してる。そこはその、ありがとう、な」

「わーお! 弟くんから初めて感謝されちゃった!」

「初めてでもないだろ! 俺は礼儀は正しい! 姉ちゃんの教えだからな!」

「確かにー。でも残念ながら僕は弟くんにツンデレ要素は求めてないんだよねー。

ツンツンしてる方が可愛いから、デレは不要でーす。その分のデレは、こっちの子に担当してもらおう」

「たまの感謝ぐらいちゃんと受け取れよ！　あと、ついでみたいに俺を貶すな。俺の正しい気持ちを返せ」

確かに由岐人にはなかなか素直にはなれない暁月だが、言うべき礼は言うし、感謝は伝える。姉にそう育てられたし、それが正しいと思うからだ。プライドとか恥とか、そういうものは関係ない。然るべき時にきちんと感謝や謝罪ができない方が恥ずかしいと、そして後々に後悔すると、そう教わった。相手が誰であっても、だ。

「えー？　じゃあご褒美ちょうだい」

「いい年して何が欲しいんだよ。だいたいお前、ほとんど何でも持ってるじゃねぇか」

「それがねー、お金でも頭脳でもどうしても手に入らないものがあってねー」

「そんなもん、お前に無理なら俺がどうこうできるわけないだろ」

「できるよ？　ていうかむしろ弟くんにしかできない。頼まれてくれたら嬉しいなー」

ゾワッと暁月の背筋に冷たいものが走る。嫌な予感しかしない。しかし自分にしかできないと言われれば、応えてやるしかないと思う。

「それって俺の身体が損傷したり、痛いとか苦しいとかじゃないやつ？」

「ないない。そんな酷いお願いなんか、僕の大切な弟くんにするわけないじゃない」

彩葉が横でニヤニヤしているのが気になった。何か知っているのだろうか？　このやり取りが相変わらず過ぎて面白いだけか？

「本当だな？　そんなら別に、いいけど」

「わーい！　じゃあこれから僕、弟くんのこと、名前で呼ばせてもらうね！　暁月くんね！　あ、呼び捨ての方がカッコいい？　あっくんでもあっちゃんでもいいけど。あ、それだとアサナくんとかぶるからややこしいかなー？」

「どれも断る！」

「もう拒否権ないよー。どれがいいかは選ばせてあげるけど？」

「何で上から目線かな」

由岐人の目論見が読めていたのか、彩葉は堪えきれずに声を出して大笑いしている。他人事だと思って……と腹立たしい気もしたが、それはただの八つ当たりだ。

「じゃあ二択にしてあげるよ。僕が弟くんのことを名前で呼ぶか、弟くんが僕のことをきちんと『お兄ちゃん』って呼ぶか。それなら選べるでしょ？」

「ぐぬぬ……マジで究極過ぎるだろ。どっちも嫌だし」

「別にいいじゃん、兄ちゃんって呼んでやれば」

ようやく現実に戻ったらしいアサナが、どういうこともないように口を挟む。

「無理！　気持ち悪い！　俺には姉ちゃんしかいないから！　もういい。俺の名前は好きに呼ばせてやるから、クソ兄はクソ兄だ」

「わー。一挙両得とはいかなかったけど、まぁどっちも僕が得するだけの案件だし、本人の了解も得たから、もう呼び放題だねー」

「俺の名前を安売りすんな」

楽しそうに和気あいあいと雰囲気が和み始めていたが、カイゼの脳裏をいくつかの光が駆け抜けるような感覚が貫く。ティエナも同様にそれが来たらしく、互いに顔を見合わせた。

「あの、せっかくのお楽しみのところ、水を差すようで大変恐縮ですが」

「何、えらく改まって」

「そろそろ、時間が来るようです」

「え？　やっと戻れるの？　よっし、いつでも来い」

「ちょっと待ってよ。このまま放置はダメでしょ」

「だねー。他所様の世界を乱したままで帰るのはマナー違反」

見れば確かに、部屋の異臭は収まってきてはいるが、半壊した玉座が置き去りのままで、アサナのいたソファーベッドも傾いている。

「もとに戻せばいいのか？　しょうがないな」

　暁月はソファーベッドをだいたいもとの位置かな、と思えるような形に戻し、玉座も可能な範囲で分解された部分を閉じておく。軽く押せば簡単に嵌(はま)ったので助かった。

「これでいいんだろ？」

「じゃあねぇ、アサナくん連れて帰っちゃおう」

「は？」

「いいねー。うちの子にしよう。で、アヤちゃんの旦那さんにすればいいんでしょ？」

「さっすが由岐人さん！　わかってる！」

「いいよー。じゃああっちの婚約の件は僕の方で破棄しておくね」

「はぁ？」

「さすがに桐来の方が相手となると、向こうも逆らえないでしょ。持つべきは素敵なお兄さまっ！」

　ところどころで疑問を挟む暁月を完全にスルーして話を進めている。

「何か変な奴らが意気投合してるな」

「奇妙な光景ですね」

　アサナとカイゼが他人事のように言い合っていると、その矛先は突如カイゼにも向けられた。

「あと、幼女も連れて帰る」

「……え？　私ですか？　無理です、ダメですよ。そんなことは――」

「いいねー。世界をまたぐと成長が止まるなら、アヤちゃんは幼女を愛(め)で放題だね」

「いえ、あの、私は」

「でしょー？　最高じゃない」

「いえ、あなたもいずれは結婚されて、幼女を産んでは……」

「だって産まれるのが女の子とは限らないし、もし女の子だったとしても、幼女である時期は一時期しかないのよ。でもカイゼちゃんを連れて帰れば、永遠に幼女！　私がオバサンになっても、孫ができても、カイゼちゃんは幼女！　素晴らしいじゃない！」

「しかし、私は、王族として」

「王族なんて他にもいるでしょ？　私の可愛い幼女はカイゼちゃんしかいないの」

「そんな、理不尽な誘拐ですぅ」

泣きそうなカイゼだが、既に彩葉に抱き締められていて、抵抗する術はない。

「お堅い幼女だなぁ。それはそれで、レアでいいけどね」

「お前ホント、幼女なら手当たり次第見境ないな」

「見境付けてる間に幼女は成長してしまうのよ」

「変態の見解にはまったく理解が及ばない」

暁月が止めようにも、スイッチの入った彩葉は止められない。

「っつーか、連れて帰って何て説明するんだよ」

「ひとまず僕と聡子さんの子供にすればいいよ」

「いや、それはダメだろ。お前だって……」

素直に認めたくはないが、聡子も間もなく三十歳になる。暁月は自分が反対したせいで姉がなかなか結婚できなかった反省を踏まえて、大学に進学したら家を出るつもりでいた。金銭的には義兄がいれば何とかなるだろうし、そこで頭を下げるくらい惜しくはない。姉がまだ妊娠しないのは、同じ家の中に弟がいるから、つまりその、そういうことがやりづらいのだろうと、気を遣ってはいた。

由岐人はともかく、聡子だってやはり子供はいずれ欲しいだろうし、女性が無事に出産できる年齢は男性が思っているより遥かに短いことも知っている。さすがにそこまで姉の人生の邪魔はできない。それくらいはわきまえられる年齢にもなった……のに。

「大丈夫だよ。僕と聡子さんの間に、子供はできないから」

「え……？」

嘘だ……とさえ言えなかった。由岐人の顔が真顔だったからだ。いつもの軽薄な笑顔すら消えている。

「何で？　どういう意味……」

「暁月！　ダメだよ、いくら家族でも、そこまで突っ込むのは」

「いいんだよアヤちゃん。それに、聡子さんのせいじゃないから」

「え……？」

今度は彩葉が絶句する番だった。自分も女性ではあるが、「子供ができない」と聞かされれば、やはりどうしても女性に問題があるのかとまず考えてしまう。

「僕のせい。子供の頃におたふく風邪に罹(かか)ってね。高熱がずっと続いてて、普通の子供の倍くらいの間、下がらなかったんだって。聞いたことない？　男の子が高熱出すと、精子が死ぬっていう話。もちろん誰もがそうっていうわけじゃないんだけど、僕の場合は高熱の期間が長かったせいか、本当に死んだみたい。だから、種付けができないってこと」

「そんな……」

彩葉は泣きそうな震え声になって、両手で口元を覆った。どんな言葉を掛ければいいのかわからない。

「それ、姉ちゃんは知ってるのか？」

「もちろん。そうでないと結婚詐欺みたいになっちゃうでしょ？　それで結婚できないって言われても仕方ないと思ってたし、僕だって聡子さんの幸せを奪いたいわけじゃないからね。でも、聡子さんは優しく言ってくれた。『もう子育ては誰より早くに経験しているから、ずっと恋人同士みたいな夫婦でいましょう』って。さすがに僕も、その時は本気で泣いちゃった」

照れたように由岐人は淋しげに笑う。

それは多分、嘘でも妄想でも誇張でもないだろう。姉のことは自分が一番よく知っている。そして、あの姉ならきっと、そう言うだろう。子供が授からなくても結婚してもいいと思えるほどに、由岐人を愛しているのだということも、ずっと知っていた。

「そ、か……。なら！　カイゼ、お前、一緒に来い。俺の姪にしてやる！」

「は？」

話の内容も流れもわかったからこそ、口出しできずにいたのに、開き直ったように暁月が彩葉の側に寝返る。

「お前、ずっとこの世界が嫌だったんだろ？　王族直系子孫、って、自分で言う時の顔、自分で見たことあるか？」

すっと、体温が下がった気がした。ずっと、自分が気付くもっと前から、暁月に見抜かれていた、と？　どこで？　いつの間に？

「もういいから全員自分に正直になれ！　面倒だ！　何でいちいち察して指摘してやらないと気付かないんだ？　自分のことは自分が一番よく知ってないか？」

そこへ彩葉が突っ込む。

「それ、あんたが言っても全然説得力ないよ、暁月」

「何でだよ」

「あんたも同じだからよ」

「どこが」

「今自分で言ったこともう一回言える？」

「言える」

「じゃあ正直になりなさいよ。どうして気付かないの？　自分のことは自分が一番よく知ってるなら、何で由岐人さんに『お兄ちゃん、大好き』って言えないの？」

「はぁ？　思ってもいないことが言えるかよ」

「そこ。あんた心底思ってるよ？　ダダ漏れだよ？　由岐人さんに滅茶苦茶信頼寄せてるし、聡子さんのことは全力で頼むつもりだろうし、そもそもカイゼちゃんを嫁にするとか言ってる時点でいい加減気付きなさいよ」

「……そうか……」

本当に今初めて知ったと言わんばかりに、暁月はぽんと手を打った。妙に腑に落ちたので、悔しいとか腹立たしいという気持ちさえ湧かない。むしろ彩葉の観察眼に驚くばかりだった。

「由岐人さんも気付いてるから、あんたの暴言も全部受け止めてくれてるんだよ？　もう一回ちゃんと感謝した方がいいと思うけど」

「そうなのか……いや、参った。まぁそこら辺は悪いけどちょっと後回しで。取り敢えず、どうやったら戻れるんだ？」

「ひ、ひとまず私を解放してくださいぃ」

「おっけー、わかった。私がカイゼちゃんを捕まえてると、一緒に行っちゃうってことね。じゃあ由岐人さんはアサナくんを」

「りょーかーい」

無駄に利発な少女に、果てしなく深い幼女への執着を感じてカイゼは真剣に慄く。

「え？　ちょ、待てよ、オレは」

「ティエナさんと残りたいの？」

「！」

「いやきみ、隠せてないからね。人の恋路を邪魔するつもりはないけど、多分もう戻るチャンスはないよ？　時間軸はきみからすれば相当昔に遡ることになるだろうけど、世界としてはもとの世界だ。ここは確実に、きみのいた世界とはすべてが違うからね。その辺を理解した上で判断してね」

冷静な由岐人の言葉に、アサナはティエナを見る。穏やかに微笑んでいた。これまでに見たこともないような、聖母のように温かい微笑み。

初めて気付いた。

自分は、彼女が、好きだった。恋愛などしたことはないけれど、初めてもっと関わってみたいと思えた他人だった。できればもっと一緒にいたかった。もっと本当の自分でいたかった。同じ世界で出会いたかった。けれど。

ティエナの穏やかな微笑みは、やんわりとアサナを拒絶していた。嫌いだと言いたいわけではない。しかし、残るべきではないと、その深い湖のような瞳が告げている。残ればきっと後悔する、そんなあなたは見たくはない、と。

三年間、積極的には関わらなかったものの、ずっと一緒にいてくれた。ずっと見ていてくれた。そして多分、知らぬ間に自分も彼女を理解しつつあったように思う。だからこそ、都合のいいわがままは言えない。

「――今まで、ありがとうな」

「いえ、わたくしこそ、お世話になりました」

「ティエナ」

「はい」

「俺のこと、忘れる？」

「いいえ。忘れません。あなたと過ごした時間は、とても有意義でしたから」

「じゃあ……」

「アサナ様」

「！」

名前を、呼んで欲しい。そう言うつもりだった。その声を、自分の名前を呼んでくれた響きを、忘れないようにと。

「様とか、いらない」

「失礼しました。では、アサナ」

「ティエナ」

「さようなら。幸運を願っています」

「俺のこと、忘れないで」

「もちろんです、決して」

我慢して見送るつもりが、左の目尻から透明な細い線が伝った。彩葉はさすがに見ていられなくなり、カイゼをぎゅっと強く抱く。目を瞑って。

「カイゼちゃん……まだかな？」

逃げ場もなく、彩葉は目を閉じたままでカイゼに問う。複雑な気持ちを抱えたまま、カイゼも迷った。ほんの少しだけ、このまま連れて行かれてもいいかな、などという気持ちが脳裏をかすめた途端、それがどんどん膨らんでいく。

頭の中で、チカチカと、二回光が瞬いた。

「……間もなくです。タンジェント・ポイントが離れます」

王制が途絶えた世界に残った王族に、何の価値があるのだろう。玉座のカラクリもわかってしまった。飾りの王などいなくても、世界は崩壊しない。自分が選ぶべき道は――。

「暁月、あんたは忘れ物とか持って帰りたいものとか、ないの？」

「ねぇよ」

「ホント、まったく欲がないわよね」

「褒められてる気がしない」

「褒めてないもの」

「だろうな」

カイゼはティエナに視線を送る。彼女は柔らかく瞬きをして、小さく口唇を動かした。誰にもそれは読み解けない。本来この世界でしか使われていない言語で、「後はお任せください」と言ったのだ。さすがに血縁者というべきか、それとも自分が隠しきれていなかっただけなのか。ティエナもまた、カイゼの違和感を察していたのかも知れない。

「は、離してくださいぃー」

心ばかりの抵抗を試みるが、それはかえって彩葉の理解を深めるだけだった。

「ふむ、この焦りようから見るに、時間が来れば私たちは自動的に引き戻されるとな？」

「そうみたいだね。万一を考えると怖いし、一応みんなで手を繋いでいようか」

カイゼを抱いたまま、片方の手で由岐人に掴まれているアサナの反対側の手を握る。暁月はあまり気に掛けていないようで、「気付けば布団の中じゃねぇの？」などと言っている。

「ティエナ！　ごめんなさい！　あなたにすべてを押し付けたくはないのですが、無力な私を許してください！」

ティエナは気にしていないというように首を横に振って微笑む。

「ああ、お父さまお母さまお兄さま妹たち、憐れで身勝手なカイゼをお許しくださいませ！」

カイゼとティエナの脳裏で、最後の光が煌めいた。

瞬間、何かを察したのか、よく知った声で、しかしこれまでにないほどの強さで、初めて名前を呼ばれて暁月は慌てた。

「暁月！　手を！」

咄嗟に義兄の手を掴んだ瞬間、訪問してきたよりも二人増えた状態で、全員がその場から消えた。

ただ静かに目を伏せて立ち尽くすティエナ一人を残して。

7

音もなく辿り着いたのは、自宅の自分の部屋だった。もちろん布団の上。ただし、一人で眠ってはいなかった。夢ではない証拠に、別の部屋だが一緒に住んでいる由岐人はともかく、彩葉もカイゼもアサナも一緒だった。

多分、〈プンクト〉と呼ばれる核が暁月であるため、手を繋いだ状態のままであったことで全員が本来の着地点ではなく、暁月を中心に纏まってしまったのだろう。

自分の服を見ると、確かに部屋着にしているスウェット姿だったし、由岐人も自分のパジャマを着ている。彩葉も制服ではなく、案外可愛らしいピンクのワンピースの寝巻きらしき服になっていた。カイゼとアサナの着衣に変化がないのは、「通常その方に一番しっくりくる服装になる」と言っていたカイゼの言葉通りということになるのだろう。あちらでは、それが二人の本来の衣服なのだろうから、しっくりくるはずだ。

「場所的には戻った気はするけど、まさか時代が変わってたりはしないよね？」

由岐人が現実的で、なおかつやや怖いことを言う。

「ちょっと待って」

義兄の手を掴んだままだったのを離し、暁月は自分の学習机に向かう。そこにはきちんと、充電中の自分のスマートフォンがあった。少なくとも、スマホがある時代だとわかって安心する。真っ暗になっている画面に触れると、姉の笑顔の写真を壁紙設定したトップ画面が表示され、ちょうどその頭の上辺りに時刻が表示された。

「五時二十分、らしい」

少し操作を加えて、カレンダーを表示させる。今日を示す場所が枠で囲まれて強調されているのを見て、暁月は安堵のあまりへたりこんだ。黙ってスマホを布団の方に投げる。受け取ったのはアサナだった。

「何コレ？」

「あー、ちょっと見せて」

由岐人が隣から覗き込み、確かに枠で囲まれている年月日に間違いないことを確認する。

「はー、大丈夫、無事みたい。ちゃんと戻ってる。すごい高度な文明だね、ホントに。もっと探検したかったなぁ」

まだ言ってる、と思いつつ、制服を着ていた彩葉が柔らかい素材のピンクのワンピース姿になっているのを見て、カイゼはしげしげと眺めた。

「わ、部屋着に戻ってるじゃない。恥ずかしいー」

彩葉はようやく気付いたようで、頬を少し赤くした。やはりこう見れば、まったく年齢相応に可愛らしいと思ってしまう。

「どうしよう、六時には聡子さんが起きるから、僕も部屋に戻りたいんだけど、説明はいるよねー」

「大丈夫だろ、そのまま言えばいい」

「まぁ、最終的にはそうなるんだけどね」

暁月と由岐人が、普通に正直に話すつもりだと知って、カイゼは慌てる。そんなことをすれば、二人がどうかしていると思われるに違いないだろう。普通に考えればそうだ。

「あの、さすがにそれは、困ったことになってしまうのでは……」

一応カイゼも、意見を述べてはみる。もちろん、彩葉にあっさり却下された。

「大丈夫だよ。聡子さんは暁月のお姉さんだから。すごい美人だよー。それで、すんごくチャーミングなの」

　間に一つ部屋を挟んだ隣が、姉と義兄の寝室だ。話し声が聞こえるほどの安い造りの家ではないが、さすがに人数が多いとどこまで耐えるかはわからない。暁月は、あまり家に友人を連れてくるタイプではないし、由岐人も「僕と聡子さんの愛の巣に他人は入れません！」などと、一応両親の遺産として受け継いで姉の名義になっている家に居候の分際で豪語している。

「まぁ、なるようにしかならねぇし。それより彩葉の方が困らねぇの？　起きて家にいなかったら、さすがにびっくりされると思うけど」

「そうよねぇ。さすがにもうカイゼちゃんの瞬間移動みたいな能力も消えてるだろうし、玄関から戻るしかないよね。パジャマで外出なんかしないから、さすがに言い訳が思い付かないな。そもそも、家の鍵がないよ」

　世界の理が変われば、カイゼはここでは本当にただの幼い子供に過ぎない。そこまで瞬時に理解できた彩葉でも、現実的にバレずに家に帰る方法となると、そう簡単に思い付かないようだ。

「アヤちゃんは僕が送っていくよ。仕事関係で協力してもらったような感じで説明しておけば、ある程度は納得してくれるでしょ？　僕が勝手に連れ出したことにすれば、怒られたりしないよ」

「でも由岐人さんが悪者になっちゃうよ」

「いいよー。汚れ役はいつものことだしねー」

すぐに思い当たることがないのか、彩葉は不思議そうに思い出そうと考えを巡らせているようだ。少ししか聞いてはいないが、ここで知っているのはカイゼだけだ。

なのだろう。由岐人の言う〈汚れ役〉は、きっと誰にも言えない出来事ばかり

するとなのだろう。

すると、部屋の扉をノックする音が聞こえた。瞬時に全員が黙って固まる。誰も反応せずにいると、もう一度コンコン、の後に「あかつき?」と呼ぶ女性の声が聞こえた。

由岐人は聡子のその声に、いつも羨ましさを感じる。暁月を呼ぶ時だけ、彼女はまるでひらがなを発音するような優しく包み込むような音色を奏でる。それは暁月の名前を呼ぶ時だけで、日頃から穏やかで優しく話す女性ではあるが、あんなに愛情の込もった名前の呼ばれ方は、さすがに自分も体験したことがない。いつか、死に際に一度だけでも構わないから、「ゆきとさん」と、あの音色で呼ばれたい。ずっとそう思っている。願っている。

「あー？　姉ちゃん、起きるの早いな。開けていいよ」

ええっ!?　――と叫びかけた自分の口を、何とか発声前にカイゼは押さえられた。

いやしかし、これは何をどう言い訳できようか。

ちゃ、と小さな音を立てて扉が開く。遠慮がちに覗き込んだ顔——首を傾けているせいで、さらりと流れ落ちてきた真っ直ぐな長い艶のある黒髪。確かに暁月に似たタレ目だが、眠そうな雰囲気よりも穏やかさの方が勝っている。鼻筋の通った紛れもない美人で、薄い口唇は血色がよく健康的で口角は上がり気味。

「あら？　由岐人さんもいたのね。彩葉ちゃんも？　何かのお仕事かしら？　あと、男の子はあかつきのお友達？　可愛らしいお嬢ちゃんは……うーん？」

　さすがにカイゼの存在に心当たりなどあるはずもない。と、思っていると。

「あ、彩葉ちゃんが連れてきちゃった？　誘拐じゃないよね？」

　彩葉の難癖を知っているのだろうが、その確認はどうなのだろう。それとも、ここでは日常的に交わされているような会話なのだろうか？

「あわわ、誘拐では……ない、とは言い切れないかも……」

　あまりに正直過ぎる彩葉の答えだったが、むしろそれに聡子は安心したように微笑む。そして音も立てずに部屋に入り、五人で団子状態になっている布団の脇に座った。

　細身で物静かそうな人だ。暁月の纏う空気は眠気を誘うほどだが、聡子の場合はそれに似てはいるものの、眠るというよりは癒やされるように思う。確かに、姉弟の関係にあることがカイゼにも理解できた。

聡子は由岐人と同じ模様で色違いのパジャマを着ている。彩葉のような柔らかいワンピースが似合いそうなのに、きっと自らお揃いを選んだのだろう。由岐人が喜ぶ顔が浮かぶ。

「起きたら由岐人さんがいないから、びっくりしちゃった。勝手にいなくなっちゃダメよ」

「はーい。ごめんなさい」

ニコニコと嬉しそうに微笑みながら、由岐人は返事をする。同じように微笑み返しながら、今度は暁月に言った。

「あかつき。説明してくれる？」

「ざっくり言うからわかってくれ。俺が寝てる間にこの幼女にどこか別の世界に呼び寄せられた。その世界の何かしらのパワーで、彩葉とクソ兄まで呼んでしまった。そこで玉座に縛られてた王様を解放してやった。その王様がこのクソガキ。その世界とは一定の時間が来たら離れる仕組みらしくて、戻る時に彩葉が幼女をさらって、クソ兄が王様を持って帰ってきた。以上」

またしても、あまりにざっくりし過ぎている要約だったので、果たしてごく普通の常識人のように見えるこの大人の女性が、高校生の弟の荒唐無稽な話を信じるのだろうか？　カイゼは期待と不安を同時に抱え、聡子の反応を見る。聡子は少し宙を見つめて考えるような仕草を見せ、うん、と頷いた。

「そう、わかったわ。大変だったのねぇ。じゃあ朝ご飯にしましょうか？」

見事な理解と切り替えの早さに、カイゼはもちろん、アサナも声を出せずに口を開けるだけしかできなかった。

いやいや、それはないだろう、と言いたいところだが、自分が言える立場でもない。しかし、聡子は本当に朝食の準備をしようとしたのか、立ち上がろうと腰を浮かせたので、「あの」と言ってしまう。鈴の音のようなよく通る響きは、聡子を笑顔にさせた。

「あら、すごく可愛らしい声ね。歌を歌うのに向いていそう」

そう言えば、ピアノを弾いていると言っていたっけ。音楽が好きなのだろうが、そこは別に今考えるポイントではない。

「お姉さまは、信じられるのですか？」

カイゼの訴えはもっともだったが、聡子はごく普通に笑顔のままで頷く。

「だって、この様子を見たら、疑う要素がないもの。彩葉ちゃんが夜中におうちを抜け出してあかつきの部屋に来る必要もないし、由岐人さんが連れている男の子も知らない子だし、あかつきのお友達にしては年齢が違うでしょう？　それに、あなたの髪の色は不思議でとてもキレイ。だけどそれは故意に染めた色じゃなさそうだもの。私にはあかつきの言うことが嘘だなんて、反論はできないわ」

それにしても物分かりがよすぎる。そもそも〈どこか別の世界〉などと言われて、無関心ならともかく、積極的に信じられる意味がわからない。

その疑問が顔に出ていたのか、聡子は落ち着いた声で言った。

「じゃあ、もう少し根拠を追加するわね。そもそも、あかつきは嘘はつかない。もちろん、由岐人さんも、彩葉ちゃんも。だから私はそれを信じるの。それだけじゃ、ダメかなぁ？」

ふわりと空気を揺らすように首を傾げるので、その穏やかで癒やしを含んだ波に飲まれてしまう。拒まれているわけではないなら、都合がいいだけだ。何も困りはしない。

暁月の持つだらしない雰囲気とはまた違うが、聡子にもまた「まぁいいか」と思わせられるようなものがあった。小さなことを気にしても仕方がない。起きてしまった現実を見るしかない、という、現実主義のくせに嘘みたいなことでも受け入れる包容力。

「いえ、私は構わないのですが……」

そこまで信頼されている関係なら、よそから来た自分が口出しをしても仕方がない。むしろ、この世界に身寄りなどない上に、既にカイゼとアサナはこの家で面倒を見てもらう方向で、由岐人の中では計画が動いているようだし。

「あの、オレは」

アサナは初めて口を開いた。女性も、大人も、他人はみんな苦手だ。他人でなくても、そもそも実の両親から手酷い扱いを受けていたのだから、誰も信用などできない。ティエナ以外は。けれど、その彼女ももういない。会えない。二度と。

「どう、なる……？」

不安に押し潰されそうな声で、自分の立場を確認しようとした。さすがにかつてのような暴力や飢えに苦しむ心配はなさそうだが、しかし見ず知らずの他人に、優しくしてやる義務などどこにもない。いらないものは捨てればいいだけなのだから。

しかし聡子は、至極当然とばかりにアサナをまっすぐに見据えて微笑む。

「あなたは由岐人さんにさらわれちゃったんでしょう？　いわば被害者ねぇ。じゃあ由岐人さんがきちんと面倒を見ること。もちろん、私もちゃんとお世話するわよ？だってうちに一緒に住むんでしょう？」

聡子は由岐人を見て目で訊く。

「あはは―、うん、そういうことでお願いしようと思ってね」

「もう、前もって言ってくれないと、食材が足りなくなっちゃうじゃない。朝の分は大丈夫かな？　彩葉ちゃんも食べて行きなさいな。おうちには電話しておくわね」

「あ、ありがとうございます！」

　時間の流れが止まっているのではないかとさえ思えるような、緩い空気を連れて、聡子は今度こそ部屋を出ていった。階段を下りていくような気配はするが、足音はしない。

「……あの女、アタマ大丈夫なのか……」

　暴言のつもりではなく、あくまで素朴に呟いたアサナの疑問に、由岐人の力は軽いが気持ちは本気の頭突きと、暁月からの容赦ない拳が同時に見舞われた。

「痛っ！　何すんだよ！」

「俺の姉ちゃんを頭おかしい呼ばわりするな。殺すぞ」

「僕の聡子さんを侮辱する発言は許しません。実験台にするよ？」

　二人の理解不能の怒りに不安になったので、ひとまずアサナは「悪い」と言っておく。自分では聡子を貶すつもりではなかったので、確かに表現方法が悪かったのは認める。

「あの、本当にいいのでしょうか？　ご無理をされているのでは……」

「お前マジで言ってんの？　姉ちゃんから無理っぽい空気感じた？　あれ、マジもんの天然だから、大丈夫なんだよ。自分の目で見たら信じるだろ普通。こっちでお前みたいな髪の色の幼女なんかいないし。事実は受け止めるのが一番正しいだろ。

姉ちゃんはいつも正しいことしかしないんだ」

　あまりの姉信仰の深さに、この世界の常識などはともかくとして、この場の自分の知る人間からまず理解する必要がある、とカイゼは察した。

「聡子さんはああ見えて結構好奇心旺盛だからねー。多分今日はいろいろ質問攻めになるかもねー。仕事休んじゃおうっと。あ、今日って土曜日？　じゃあみんな休みだよねー」

　気軽に休める仕事の内容なのかまでは知らないが、まぁ桐来の次男がそう言えば、誰も反対できないのかも知れない。そもそも、普段は一人で研究室にこもっていることが多いらしいし、教授のお手伝いとやらがなければ、休むのも行くのも自由なのだろう。気楽そうで羨ましい話だ。

　幸い、暁月は公立高校なので学校は休みである。眠る時は特に翌日が休日であることはそう意識していなかったが、たまたまこうなってしまった以上、今日の休みはラッキーだ。しかし、彩葉は少し困った顔をしている。

「アヤちゃん、どうしたの？」

「うーん、私、今日部活だったんですよ。しかも朝練。つまりもう既に遅刻なんですよね。じゃあま、いっか。休もう！」

　ぎゅう、とカイゼを抱きしめる。これは予測できた。自分でも不思議だった。慣れるとそう違和感もない。気にし過ぎていたことがバカバカしくさえ思える。

もしかすると、これからはこんなことが日常になるのだろうか。ドタバタしているけれど、その賑やかさはどこか優しい。

「おいゲーマー。お前からしたら遺跡みたいなもんかも知んねーけど、ゲームしたかったらこのクソ兄に何でも言え。だいたい自作するし、金なら無限にある」

「無限じゃやないよー。使ったら減るよー」

「その分稼いでくればいいだろ」

「簡単に言ってくれるなぁ、学生さんはー」

「なら簡単に仕事休むとか言うな」

「あはは、確かにそうだねー」

アサナもきょとんとしてしまう。人を拳で強打しておいて、脅しでも殺すとまで言っておきながら、その直後にどうしてそんな優しい言葉を掛けられるのか。

「何だよ？」

「いや、あの」

「はっきり言え。グダグダ言うとウザい」

面倒臭がりを極めているような暁月なので、基本的に遠回りは嫌いだ。単刀直入が一番楽だし、わかりやすい。駆け引きなど時間の無駄だし、神経を疲労させるだけで何の得もない。

「……オレ、ここにいていいのか？」

「いいに決まってるだろ。来たもんはしょうがねぇじゃん。もとに戻す方法もないし、そもそも連れてきたのはクソ兄だしな。こいつが面倒見るってことで姉ちゃんの許可も出たんだから、俺が反対する理由はない」

あまりにも呆気ない。シンプル過ぎる理由に、かえって戸惑う。

「何でそんな動揺するんだよ。大丈夫だから。お前が怖がるようなもんは、この家の中には何もない。外は勝手が違うからわかんねぇけど、しばらくは家の中で慣れればいい。あと、言いたいことは口に出して言え。いちいち俺が考えて訊いてやるのは面倒なんだ」

自覚はあったのか……とカイゼは納得した。ただ、あまりにも瞬間的に的を射ているので、考えて答えを導き出しているとは到底思えない。そういう意味では無自覚なのだろう。

階下から「あかつきー」と優しい声が聞こえる。朝食の準備ができたらしい。

「お、メシだ。そんじゃ行くか。椅子足りんの？」

「どうかなー？　カイゼちゃんをアヤちゃんの膝の上に乗せて、アサナくんが僕の膝に乗れば大丈夫じゃないかな？」

「じゃあクソガキ、あいつの足に全体重で挑め」

「何を」

「すべてだ」

お前が王様じゃん、とアサナは言いそうになって思い留まった。褒める気はないが、もしかしたら暁月はむしろ嫌がりそうにも感じる。どちらにしても、アサナの意図するところではない。ただ、穏やかに過ごしたい。あの三年間のように、けれど今度こそは自覚しながら。失ってから気付くのはもう嫌だ。失うのはもっと嫌だ。

「カイゼちゃん、こっちの食べ物は大丈夫かなぁ？」

彩葉が久々にまともな心配をする。確かに、あちらではほぼ食べていなかったし、彩葉が出したこちらの世界では有名なメーカーのチョコレートも、結局はあちらの何かしらの素材でできているはずだ。

「お腹壊しても、病院とか行けないでしょ？」

幼女に関しては案外真剣に考えているようで、まるで大きめのぬいぐるみのようにカイゼを前に抱きかかえたままで階段を降りる。

「そこは任せてー。僕がいるでしょ。一応生物学を専門にしてるから、何とかなると思うよー」

「あ、そっか。由岐人さんなら医療系も大丈夫ですよね。なら安心だ」

むしろカイゼが不安になった。暁月も「まさか解剖はするなよ」と心の中で祈る。

「ほーら、遅いよー？」

リビングから顔を覗かせた聡子が、ダラダラと階段を下りてくる五人に声を掛ける。

「あ、由岐人さん、今日お仕事休むつもりでしょう？」

ちょっと拗ねたような、少女のような純粋な表情で聡子が言う。

「わかっちゃったー？　聡子さんには隠し事できないなー」

「当然です。私は由岐人さんのことは何でも知ってるんだから」

ぷんすか、と言いそうな雰囲気を漂わせながら先にリビングに戻る聡子を追うように、五人も続く。

確かに四人仕様のテーブルに四脚の椅子しかなかったので、由岐人の提案通りの配置になる。カイゼはともかく、アサナは激しく嫌そうだが、腰をホールドされてしまっては仕方がない。せめて室内の環境にくらい慣れなければ生きていけそうにないと諦めたのか、目の前に並べられた見慣れない食事に手を付けた。味は美味しい。むしろ、こんなに美味しい食べ物は初めて食べた。それほどに飢えていたということでもあるが。

「姉ちゃん」

「なぁに？」

「まだ説明いる？」

「いらないわよ？」

「あっそ」

それだけで姉弟の会話は終わる。誰も内容を理解できない。それでも二人にわかっていればいい。わざわざ全員に知らせるまでもない。

——クソ兄が幼女を子供にするって言ってたけど。

——まぁ、素敵。いいんじゃない？

それだけの話だ。姉が由岐人の不名誉な話を公にしたいとは考えるはずがないし、夫が申し訳なく辛い思いを抱えていることも知っているだろう。それを、本気で気にしてなどいないということが確認できたから、暁月にはもう姉と義兄を分かったための粗探しをする理由も意味もない。

実は暁月だけは知っている。由岐人は自分が先に聡子を好きになったと張り切って言っているが、本当は姉の方が先だったということを。聞きたくもないのに聞かされたせいで、嫌でも忘れられない。

中学時代のピアノの発表会で出会った少年。自分より先の演奏順だった彼を見た瞬間、劇的な恋に落ちたのだという。その後、自分の演奏が終わってから廊下で相手から演奏を褒められたらしい。発表会の冊子で名前を確認すると、〈桐来〉という名字を冠していた。有名な財閥家のご子息だということは明白だった。初恋の直後に失恋か、と思っていたら、両親が亡くなるという不幸に見舞われ、絶望の淵にいた。残された暁月だけが生きる希望だった。

しかし、隣家である孤月の両親が幸いにもよく面倒を見てくれた。もともといい人たちだったし、付き合いも深かったので、疑問には思わなかったが、たまたま孤月の仕事には桐来財閥が関わっていると知った。聡子はせめてもう一度会えれば、と思った。

その後すぐにその少年が孤月家の顧問担当となる。孤月家によく出入りする姿をこっそりと見ながら、もしかしたら彩葉と結婚することになるのかも知れないな、と複雑な気持ちになった。ところが、突然プロポーズされた。家柄もなく、親もなく、資産もない自分の何がいいのかわからずにいた。けれど、成長した少年は「僕にはあなたしかいないんです」と言った。

聡子は二つ、誓って欲しいことを言った。一つは大切な弟を、自分と同じくらいに大切にして欲しいこと。もう一つは、決して自分を見捨てないで欲しいこと。

財閥家の次男に求婚されるだけでも二つ返事で喜ぶべきことなのに、聡子は決して譲れない部分では折れたくなかった。

由岐人は当たり前のように頷いた。そして、その代わり、と子供のできない事情を説明した。断ってくれてもまったく構わない、あなたに迷惑をかけるようなこともないから、気にせず言って欲しいと言われた。だから、思った通りに正直に答えた。

――もう子育ては誰より早くに経験しているから、ずっと恋人同士みたいな夫婦でいましょう。

由岐人は号泣したと言う。いつもヘラヘラ笑っていて、掴みどころのない軽薄そうな男だが、本人からも同じことを聞いたので事実だと理解した。

暁月ももうそろそろ姉離れをしなければ、とは思っていたが。違う意味で、進学と同時に家を出るという密かな計画を中止することに決めた。何故なら。

「ていうかさ。幼女は隠せる大きさだとして、クソガキはどうすんだよ。成長止まってんだろ？　騙せて数年だぞ」

明らかに由岐人に向かって言う。

カイゼを「隠せる大きさ」と表現するのも考えものではあるが、確かにアサナの存在を隠す方が難しそうだ。そしてアサナはこの夫婦の血縁として扱われることになっている。自分が家を出たところでアサナは残る。暁月には損はあってもまったく得はない。むしろ、出ていったら負け、という妙な敵対心が湧いてきた。対象は由岐人からアサナに移る。

「数年もあれば大丈夫だよ。僕を誰だと思ってるんですかー？　生物学が専門って言ってるでしょ。アンチエイジングの技術がこれだけ進んでるんだから、老けさせるなんて折り紙くらい簡単だよ」

暁月は男だし、そもそも折り紙で遊ぶような世代でもなかった。幼少の頃に少し触れた経験こそはあるが、そう簡単だとは思えなかった。だから由岐人の自信のレベルがいまいち測れなかったが、彩葉が「さすが！」と言ったので、やっぱり簡単なのかと知る。

「えっ？　成長しないの？　不思議ねぇ。そっか、別の世界って言っていたものね。わぁ、じゃあ後でお話聞かせて欲しいなぁ。でももったいないから、毎日一つずつにしましょう。《千夜一夜物語》みたいでしょう？」

ピアノを弾いている時以外は、主に映画鑑賞か読書をしている聡子は、物語が好きだ。まったくの畑違いの分野を専門とする由岐人の難解な話ですら喜ぶ。細胞の構造の話をするだけで、そこに物語性を見出だせるのは、ある意味では才能なのかも知れない。一番好きなのがＤＮＡの話だというのだから、法律が許せば第一声で「私のクローンを作って」と言い出しかねないほどだ。

「楽しそうだねー。いっぱいお話があるよねー。僕もアサナくんの話とか聞きたいなー。あ、でも未来を知りたくはないから、技術系はいらない。わかったら面白くないしー」

暁月は聞き流しながら白米に味噌汁、出汁巻玉子に焼き魚という、典型的な日本の朝食を黙々と食べている。肉が好きだと言う割には、姉が作ってくれるのならば実は別に何でもいいのだ。

カイゼは資料でしか見たことのない食事を前に、まずは匂いを確認している。暁月が食べているくらいだから、とは思ったが、あの肉の臭みは自分には馴染みのものだったので、あまりあてにならないと気付いた。彩葉が「美味しいよ」と言うので、恐る恐る黄色い出汁巻玉子を見よう見まねで口に入れる。見た目はちゃんと焼き目が付いているのに、中から不思議な風味が広がってくる。鼻から抜ける時すら美味しいと感じた。〈幸せ〉を料理にしたらこうなる、というような味覚。

結局、聡子以外の全員が気分的には久々のまともな食事にありつけたことで満足し、美味しい美味しいと連呼するので、聡子もずっと笑顔だった。普段から由岐人並みに笑顔を絶やさないが、口角を上げて微笑む程度で、そこまで極端に笑みを保っているわけではない。あくまで上品に、静かに穏やかな笑みを浮かべているだけだ。

しかし、やはり大勢で囲む食卓は楽しいのだろう。かつては両親と一緒にそうした記憶を持っている分、何も覚えていない暁月よりも辛いこともあるのかも知れない。無知は愚かではあるが、時には有利な逃げ道にもなる。知らないものを知ることはできるが、一度知ってしまうと、もう知らなかった頃には戻れないのだ。きっとその分、姉の方が辛い。

「ごちそうさま」

きちんと両手を合わせて言う暁月。おしゃべりをしながらなので、まだ他の者は食べ終わっていない。しかし、暁月は一人で席を立った。

「あかつき？　お手洗い？」

「寝る。あんま寝た気しねぇし」

実際そうではあるのだが、何となくその場にいたくなかった。由岐人のことは認める。アサナとも長い付き合いになるのだろう。彩葉とカイゼとも相変わらずだろうし、縁が切れるわけでもない。ただ、少し頭の中を整理したい。本当にこれでよかったのか。後悔しても仕方のないことだが、ティエナの哀しげな微笑みが脳裏から離れない。どうにか気持ちを整理しなければ落ち着けない。多少強引な言い訳でもいいから、自分を納得させたかった。

「暁月」

由岐人が、穏やかにそう呼んだ。不慣れなせいか、ぞくりとして暁月は振り返る。

「一人で悩むの、もうやめよう？　僕もだんだん辛くなってきたから。悩むなら、みんなで一緒に考えようよ。その方が効率的だし、いい案が出るよ？」

「……お見通しかよ」

舌打ちとため息を同時にしたいような、しかしどちらも姉から禁止されているので結局小さく息を吐くだけに留めて、再度椅子に戻った。

「だから暁月はダダ漏れなんだってば。私が言ってあげてるのに、まだわかんないかなぁ？」

彩葉まで言う。追い打ちを掛けるなよ、と言いたくなる。

結局、自分のことは自分が一番わかっていないのだろう。何故なら、自分で自分を見ることは決してできないからだ。だから、他人の存在が必要なのだ。由岐人が人類が滅亡して一人で生き残っても生きていくのは「無理」と断言したのは、つまりそういうことだった。誰しも、一人で生きていけるものではない。物理的にも、精神的にも、いろいろ全般まとめて考えても。

「わかったよ。じゃあもう毎日家族会議だ。ついでに彩葉も入っとけ。どうせいずれ親戚になるんだろ」

由岐人と彩葉は顔を見合わせて、暁月のあまりの素直さに驚いた。しかし、すぐに満足そうな微笑みに変わる。

「えー、いいなぁいいなぁ。みんなで共通の話題があるのに、私だけ知らないの？何だか哀しいなぁ」

聡子が残念そうに言う。話し方も声も、きちんと大人の女性の穏やかで品のあるそれなのに、どこか甘えた印象がある。中高生辺りの女子が、好きな男子の前でわざと出すようなあざとく甘ったるい声ではないのに。

そこでカイゼは、まったく似てもいないのに、不意にティエナを思い出した。もしかすると、彼女ともっとよく接していれば、こんな一面があったのかも知れない。見せてくれていたのかも知れない。もう二度と、会うことはないのだけれど。

「家族会議だから、姉ちゃんも一緒に決まってるだろ。ちゃんとわかりやすく説明できる奴がいるから、毎日楽しく過ごせるんじゃねぇの？」

ちら、とアサナを見て暁月は言った。「オレ？」と言わんばかりに目を見開くが、食べ物が口の中にあるので声が出せない。暁月はすぐに視線を上げて由岐人を見る。

「わー、毎日が楽しみですねー」

思いっきり棒読みで言ってやった。なのに義兄はノーダメージ。

「そうだねー。これから毎晩みんなでおしゃべりできるねー。三倍速で仕事仕上げて帰って来るねー」

こいつなら本当にやりかねない、と暁月は早々に諦めた。

「きゃあ、由岐人さんが早く帰って来てくれるなら、夕飯の時間早めなくちゃね。彩葉ちゃんも時々食べに来てね」

「わぁ、来ます来ますー！　聡子さん、今度料理教えてください」

「いいわよ。彩葉ちゃんもお嫁入りの準備しなくちゃねぇ」

何も知らないはずなのに、妙に思い当たる発言をする姉を暁月は驚きの眼差しで見た。

「うん？　どうかした？」

「いや、姉ちゃん、今日も可愛いな」

「そう？　ありがとう。あかつきも可愛いね」

可愛いと言われて喜ぶ男子高校生などまずいないだろうし、暁月だってそうだ。ただ唯一、その言葉を発するのが姉であった場合だけが特別なだけで。

「じゃあね、今日の第一話の前に、自己紹介からしようね。私、まだご挨拶できてないもの」

「そっかー、ごめんね聡子さん。つい感覚が鈍っちゃって」

「由岐人さんが珍しく気が利かないから、自分で言っちゃったわよ。ちゃんと私に戻って来てね」

「はーい。もう大丈夫だから！　僕に任せて！」

わいわいと食卓は賑やかだ。カイゼもアサナも、もとからそこの一員であったかのように、違和感なく受け入れられている。

自分は一族の異端者かも知れないと怯えていたカイゼ。実の両親から手酷い扱いを受け続けたアサナ。貪欲に自分から幸せを掴もうと努力したことなど、一度もなかった。努力して手に入るとも思っていなかった。けれど、それは違うと教えられた。

一人でいたから、気付けなかったのだ。誰も、指摘してくれなかった。自分も周囲を見なかった。拒絶されるのが怖くて、求めることを避けていた。それで幸せなど、手に入るわけがない。世界とか神様とか、そんな見えない何かが与えてくれるものではないのだ。

ここでなら、まだやり直せるかも知れない。二人は別々の思いを抱えながら、同じようにそう思った。そんな時。

この姉弟は本当によく似ている上に、魔術師か妖術使いかとさえ思う。

暁月と由岐人にとっては毎日のことで、彩葉も話に聞いて知っている。しかし、カイゼとアサナにとっては謎でしかない。ここは不思議な世界だ、と思うしかない。だからすべてを受け入れる。

聡子が朗らかに一日の挨拶を口にした。

「じゃあ今日もまた、私たちの新しい物語を始めましょう」

【あとがき】

こんにちは、またははじめまして。小説家の桜井直樹です。

この度は『理不尽な覇者のアウフヘーベン』をお手にとっていただき、そしてここまで読んでくださってありがとうございました。

もしかすると多くの方が「アウフヘーベン」という名の主人公を想像したかも知れませんね。Ｗｉｋｉから抜粋すると「ドイツの哲学者であるヘーゲルが弁証法の中で提唱した概念」ということなので、哲学用語になるのでしょうか。

誤解は避けたかったので、本来タイトル表記にはなかった「矛盾統合」という解説（？）を、表紙タイトルにだけ入れてもらうことにしました。ちかちゃん、私の意を汲んでくれてありがとう。

本作で私の著書は三作品目になりますが（一作目は電子書籍からのペーパーバック）、今までで一番ＬＯＶＥ成分の多い物語になります。とは言え、私のＬＯＶＥは恋愛ではなく、地球愛、人類愛、家族愛、敬愛、博愛など、多岐に渡りますので、決して恋愛モノには分類されないんですよね。

それでも毎回存分にＬＯＶＥと笑いをぶち込んでいるので、楽しんでいただけましたら幸いです。

今回はいい意味での〇〇コンプレックスのキャラクターが勢揃いしました。コンプレックスって悪いことばかりじゃないんですよね。だって好きなんだもん！　ってことだから。

本作は、《第一回万代宝書房大賞》において「優秀賞」をいただいた作品を加筆修正したものになります。

この度ようやく、無事出版できたことを心より感謝いたします。

そして今回も素敵な表紙と挿絵で彩ってくれた相棒・菫ちかちゃんには最大級のＬＯＶＥを捧げたい。住んでるところは海外と離れていても、心はいつも隣にいます。物理的にも便利な世の中になったものよね。

また、いつも応援してくれている仲間たちにも最高のＬＯＶＥを配ります。

さらに今本書を手にしてくださっているあなたにも、この上ないＬＯＶＥを。

既刊二冊がＳＦだったため、今回「転生しない」異世界ファンタジーを出版したことで、新たな桜井直樹を知っていただけたらいいなと思います。

基本的にミステリとホラー以外は何でも書くノンジャンル小説家なので、今後の作品にもご注目いただけますと嬉しいです。

どんなジャンルを書いたとしても、私の芯はブレないでいたい。キャッチフレーズは「夢と希望と元気と勇気、愛と感動をお届けします」です。そしてどんなにシリアスな物語であっても、どこかに笑いをぶち込みたい大阪人気質も忘れません。

この先もお付き合いいただけますと幸いです。どうぞよしなに。

本書で救われる方がいたり、明日への活力となったり、一時的にでも現実逃避できる手段になれれば、作者冥利に尽きます。

いつもたくさんのメッセージを込めて書いています。少しでも伝わるといいな。

本書があなたのお守りになれれば、これ以上の喜びはありません。

最後までお付き合いくださって、本当にありがとうございました。

あなたと大切な人との絆が、より一層深まりますように。

愛と感謝を込めて。

桜井直樹

【著者プロフィール】桜井直樹

大阪府在住の小説家。「作家」「著者」ではなく「小説家」と呼ばれたいこだわりがある。小 4 の頃から物語らしきものを書き始めるが、20 代の 10 年間が暗黒期となり、一切書けない時期を経て復帰。

30 年後が舞台の SF 長編小説『ガーディアン・デ・ラ・ゲール～戦争の番人～』(Amazon Kindle・ペーパーバック）と、600 年後を舞台にしたさらなる SF 長編小説『ヒトは一度しか死ねないのだから』(みらいパブリッシング）の両著で Amazon ベストセラーを獲得。

本作では「転生しない」異世界ファンタジーとして、別の一面を展開。ミステリとホラー以外は、文芸からライト、BL まで幅広く執筆する。読む方は雑食だがエロやベタ甘要素は不要。

レイキティーチャー、勾玉セラピスト、パーソナルスター診断マスター、ハイヤーセルフコネクターなどでもある。

やりたいことしかやらないと決めているので、やると決めたらとことんやり込む派。

本と音楽、映画と舞台が人生の潤い。社寺仏閣や温泉巡りなどの国内旅行で食い倒れるのが好き。

頼まれても嫌なことはキッパリ断るが、期待されると応えたくなるベタベタの関西人。

《桜井直樹公式 HP「CRAZY POP」》
https://naosaku.jimdofree.com/

理不尽な覇者のアウフヘーベン

2024年4月18日 第1刷発行

著　者　桜井 直樹

発行者　釣部 人裕

発行所　万代宝書房

〒176-0002 東京都練馬区桜台 1-6-9-102

電話 080-3916-9383　FAX 03-6883-0791

ホームページ：https://bandaihoshobo.com

メール：info@bandaihoshobo.com

印刷・製本　日藤印刷株式会社

落丁本・乱丁本は小社でお取替え致します。

ISBN 978-4-910064-88 -8　C0093

カバー・イラスト：菫 ちか